AF670762

**Elfi Sinn**

# Sophie und die Krimifrauen vom alten Bahnhof -3-

## Cosy-Crime-Geschichten

Bibliografische Information der Deutschen Nationalbibliothek:
Die Deutsche Nationalbibliothek verzeichnet diese Publikation in der Deutschen Nationalbibliografie; detailierte bibliografische Daten sind im Internet unter http://dnb.dnb.de abrufbar.

© 2021 Elfi Sinn

Herstellung und Verlag:

BoD – Books on Demand Norderstedt

Titelbild: Gabriele Barby

ISBN:9 783 754 348 116

MIX
Papier aus verantwortungsvollen Quellen
Paper from responsible sources
FSC® C105338
FSC
www.fsc.org

## Inhaltsverzeichnis

## Das Loch in der Wand

Die Hitze, die die gesamte Stadt seit Wochen in ihrem Würgegriff hielt, dauerte immer noch an.
Einige kleine Gewitter hatten die Luft kurzzeitig abgekühlt, aber danach stieg das Thermometer wieder ständig.
„Ich frage mich, wie wir heute bei diesen Temperaturen diskutieren wollen, nach heißem Kaffee ist mir auch nicht und außerdem habe ich zwei Kilo zugenommen", stöhnte Luisa, die mit ihrer besten Freundin Laura auf dem Weg zum *Café Schokohimmel* im alten Bahnhof war.
Seit einigen Jahren war dieser restaurierte Fachwerkbau ein sehr beliebtes Zentrum in der Südstadt geworden. Jeden Mittwoch trafen sich dort sieben Frauen, die schon im Ruhestand waren und Krimis nicht nur heiß und innig liebten, sondern noch lieber selbst erlebten.
Laura, die jedes Schaufenster nutzte, um im Vorbeigehen ihr leichtes, silberblaues Sommerkleid von Chrissies *Fashion Dream* zu bewundern, schmunzelte nur. „Es gibt es auch Eiskaffee und außerdem hat mir Letty versprochen, dass wir heute auf der Terrasse sitzen, mit Blick zum See. Und schließlich weiß ich zufällig ganz genau, dass Luke jedes Pfund an dir liebt."
Luisa lächelte geschmeichelt und strich sich ihre immer noch rot-

blonden Haare aus der feuchten Stirn. „Mit unseren Männern haben wir wirklich Glück gehabt. Und deshalb bin ich auch bereit, gewisse Ungerechtigkeiten des Lebens hinzunehmen, zum Beispiel dass Schokolade mehr Kalorien hat als Sellerie und dass sich Lettys Torte immer nur an meinen Hüften festklammert."

Laura lächelte. Sie sah das ähnlich, denn damit hatten sie beide nicht gerechnet, als sie vor einem halben Jahr Majas Kontaktbörse ausprobiert hatten. Wer erwartet schon mit fast Siebzig, noch der großen Liebe zu begegnen?

Und dennoch war genau das eingetroffen.

„Meine Großmutter hat immer gesagt, wenn ich mal alt bin, muss ich nicht unbedingt jung aussehen, aber auf jeden Fall glücklich. Mit meinem Markus bin ich das ganz bestimmt. Und der Rest wird sich finden. Ich bin sicher, alles wird so sein, wie wir uns das wünschen."

Und genauso hatte es Letty, die Inhaberin des Cafés, auch vorbereitet. Der Stammplatz der Krimifrauen war sonst etwas abgesondert von den anderen Gästen, schließlich war das, was dort beredet wurde, nicht für neugierige Ohren bestimmt.

Aber heute war die luftige Terrasse für sie vorgesehen. Unter bunten Sonnenschirmen, mit Blick zum See und einer frischen Brise vom Wasser her, fühlten sich die Frauen schnell wieder wie neugeboren. Und der Eiskaffee mit dem ganz speziellen Mokka-Eis tat ein Übriges. Alle waren schon in die Genüsse vertieft, als Christiane, die ehemalige Lehrerin, sich schnell noch auf ihren Platz schob und rasch eine Abkühlung bestellte.

„Entschuldigt, ich bin etwas atemlos, aber ich habe gerade noch die Nachrichten gehört. Es hat einen Einbruch bei einer Schmuck-Designerin gegeben, Soledo oder so ähnlich."

Sie nahm einen Schluck von ihrem gekühlten Getränk, strich sich die dunklen Haare zurück und wandte sich an Stella, die Witwe eines bekannten Malers. „Ist das nicht die Tochter deiner Bekannten, von der du die schöne grüne Kette hattest?"

Stella, die bisher so auf ihrem Stuhl herum gezappelt hatte, als ob eine Ameisenkolonie unter ihrer Haut ins Freie gelangen wollte, nickte gewichtig. „Und jetzt ratet mal, wer zuerst am Tatort war?"

Sie stand auf, warf ihre rote Mähne gekonnt nach hinten und verbeugte sich grinsend. „Ich war sogar vor der Polizei da!"

Als sie sich der vollen Aufmerksamkeit der anderen Frauen sicher sein konnte, setzte sie sich wieder und berichtete.

„Ich war mit Solveig, das ist die Designerin, heute früh verabredet. Sie hat einen tollen Malachit-Anhänger, auf dem ganz sicher schon mein Name steht. Also bin ich gleich gemeinsam mit ihr in den Laden gegangen. Da sah es eigentlich aus, wie immer. Aber als Solveig in die Werkstatt ging, schrie sie plötzlich vor Schreck. Die wertvollen Steine, die erst gestern geliefert wurden, waren alle weg, das sind rund 25.000 Euro.

Der Schrank war nicht brutal aufgebrochen, wie man das erwartet hätte, sondern fachmännisch geknackt. Ich habe keine Ahnung, wie jemand in diesen Laden gekommen sein könnte. Vorne an der Eingangstür gibt es ein Spezialschloss, die Schaufenster sind extra gesichert und die Werkstattfenster sogar vergittert."

„Das ist ja wie bei Sherlock Holmes, der klassische Fall eines Verbrechens in einem verschlossenen Raum. Hast du eine Idee, wie die das geschafft haben?" Laura zog schon Parallelen zu einigen Krimis, die sie gelesen und besprochen hatten.

Stella schüttelte den Kopf, dann aber lächelte sie wieder, um das nächste Ass aus dem Ärmel zu ziehen.

„ Nur eine Vermutung. Bis die Polizei kam, habe ich alles genau betrachtet und gefilmt. Ganz zum Schluss ist mir erst aufgefallen, dass es an der Rückwand, die zu einem verlotterten Gartengrundstück führt, ein Loch in der Wand gab, nicht sehr groß, circa 35 cm Durchmesser. Aber da kann doch kein Mensch durchgekommen sein! Allerdings ist es die einzige Veränderung, die ich festgestellt habe und ich war gründlicher als die Polizei. Damit haben wir jetzt alle relevanten Informationen und auch die besten Möglichkeiten, den Fall selbst aufzuklären."

Laura, die als erste das Video des Tatortes angesehen hatte und das Handy weiter gab, schüttelte den Kopf, während sie ihren Arm betrachtete. „Wenn ich mich richtig erinnere, sind es von den Fingerspitzen bis zum Ellbogen ungefähr 50 cm. Schon da käme kein

Erwachsener durch, höchstens Zwerge oder Heinzelmännchen. Aber an Märchen glaube ich nicht mehr."

„Ich auch nicht", rief Antonia, die ehemalige Krankenschwester, und zog nachdenklich die Augenbrauen zusammen. „Es gibt Menschen mit einer Krankheit des Bindegewebes, die sich unwahrscheinlich verbiegen können, Marfan-Syndrom nennt man das. Vielleicht ist es so etwas?"

„Und wenn das Ganze nur als Ablenkung gedacht ist und die Diebe einen völlig anderen Weg genommen haben, die Heizungsschächte zum Beispiel." Emilia, die ehemalige Psychologie-Dozentin, die jetzt Krimis schrieb, konnte sich eine solche kriminelle Raffinesse sehr gut vorstellen, aber Stella schüttelte vehement den Kopf.

„Das glaube ich eher nicht. Ich durfte zwar nicht mehr im Laden bleiben, als die Polizei kam, aber ich habe alles von der anderen Straßenseite beobachtet. Mir war vorher aufgefallen, dass es kleine Flecken einer öligen Flüssigkeit im Laden gab, als ich dann außen vorsichtig nachgesehen habe, war sowas auch an der unteren Seite des Loches. Das hat die Polizei ebenfalls fotografiert."

„Dann hat es etwas zu bedeuten", murmelte Laura. „Fragt sich nur, was?"

Ein Blick zu Christiane genügte und die holte die Karten mit den W-Fragen aus ihrer Mappe. Auch wenn Sophie, ihre Enkelin und Privatdetektivin, diese Art der Ermittlung als etwas überholt ansah, war Laura davon überzeugt, dass ihnen diese Fragen oft geholfen

hatten, logischer an einen Fall heranzugehen und ihren Vermutungen und möglichen Erklärungen, Struktur zu geben.
Als Christiane das WER nach oben hielt, stellte Laura gleich die erste Frage selbst. „Also wer ist in der Lage, durch ein Loch dieser Größe zu gelangen. Mit dem Kopf würde ich das noch schaffen, die Arme könnte ich vielleicht auch noch nachziehen…“
„Aber mit dem Po steckst du fest“, lachte Stella, „obwohl du wirklich schmal gebaut bist. Also alle normal gebauten Menschen, ganz egal ob Frauen mit Kurven oder Männer mit Muskeln, können wir ausschließen.“
„Dann bleibt noch die Möglichkeit, dass jemand zufällig gerade so eine Krankheit hat, wie sie Antonia genannt hat oder es ist ein Artist, die sind ja auch sehr gelenkig.“
Laura war mit den bisherigen Erkenntnissen noch nicht zufrieden und schüttelte zweifelnd den Kopf.
„Genau genommen passt da eigentlich nur ein sehr kleines, schmales Kind durch. Und an so eine Möglichkeit möchte ich überhaupt nicht denken.“
Luisa, die früher beim Kammergericht gearbeitet hatte, sah sie entsetzt an. „Du meinst, da schickt jemand Kinder zum Stehlen, so wie bei Oliver Twist? Wenn es so etwas heute noch geben sollte, müssen wir unbedingt eingreifen!“
Während die Frauen einhellig nickten, richtete Emilia ihre Überlegungen in eine völlig andere Richtung.

„Müssten wir die WER-Frage nicht auch noch anders stellen? Wer hat denn gewusst, dass diese Lieferung gekommen war?“
Stella hatte schon eifrig notiert und schaute anerkennend in Emilias Richtung. „Das scheint mir sehr wichtig. Darum kann ich mich kümmern.“
Claire, die früher ein Reisebüro besessen hatte, schien gar nicht zugehört zu haben, sondern scrollte sehr konzentriert auf ihrem Smartphone. Jetzt hatte sie offensichtlich gefunden, was ihr wichtig erschien und schnipste aufgeregt mit den Fingern. „Irgendwann habe ich mal die Burg Hohenzollern in Baden-Württemberg besucht und da gab es etwas Ähnliches. Ich glaube, es war 1953, da hat sich jemand durch eine winzige Öffnung in die Schatzkammer gezwängt und Tabakdosen und andere kleine Kostbarkeiten gestohlen.“
„Und hat man herausgefunden, wer es war?“ Stella glaubte zwar nicht an eine schnelle Lösung, war aber für jeden Vorschlag offen.
„Ja, beim Verkauf dieser Sachen konnte man ihn festnehmen, es war ein Artist aus einem Zirkus, ein sogenannter Schlangenmensch. Und die können sich natürlich extrem verbiegen, aber ob sie durch diese winzige Öffnung kämen, das wage ich zu bezweifeln. Deshalb glaube ich auch, dass es ein Kind war. Aber ein Kind, das Schlösser knacken kann, das dürfte nicht leicht zu finden sein.“
Laura, die sich eifrig Notizen gemacht hatte, nickte zustimmend und fasste noch einmal zusammen.

„Das wird kein einfacher Fall, deswegen werde ich heute noch mit Sophie sprechen. Vielleicht brauchen wir auch noch mehr Hilfe, aber wenn Kinder betroffen sind und ich vermute, dass sie das nicht freiwillig tun, muss schnellstens etwas geschehen. Stella, du kümmerst dich darum, wer von der Lieferung wusste. Christiane, du kennst dich in den Schulen bestens aus. Könntest du dich nach Kindergruppen erkundigen, die akrobatische Übungen oder Kunstturnen machen? Irgendwer scheint sowas auszunutzen. Luisa und ich forschen nach, welche berühmten Schlangenmenschen es bei uns gegeben hat und was sie heute machen."
Luisa nickte sofort. „Du hast recht, irgendwer muss die Kinder trainiert haben."
„Die anderen hören sich in der näheren Umgebung um. Was wird über den Einbruch geredet und wem sind möglicherweise kleine, sehr schlanke Kinder aufgefallen, die neu in der Nachbarschaft sind?"
„Können wir uns mit den *Kleinen Detektiven* verabreden?"
Emilia versprach sich davon nicht nur eine gute Tarnung, die pfiffigen Kinder waren auch schon oft eine große Hilfe gewesen.
Laura schaute vorsorglich in ihren Kalender und nickte dann.
„Das müsste gehen, die Sommerferien beginnen erst in drei Wochen und die große Schatzsuche ist auch erfolgreich beendet worden. Das habt ihr ja alle in der Zeitung gelesen."
Noch auf dem Heimweg konnten Laura und Luisa überhaupt nicht

aufhören, über diese unvorstellbare Angelegenheit zu reden, dass jemand Kinder zum Stehlen schickte, wie im England des 19. Jahrhunderts.

Kaum dass sie das Haus erreicht hatte, stürmte Laura trotz der Hitze in das Büro von Sophies Detektei, das angenehm kühl war.

„Sophie-Schatz, wir haben einen neuen Fall!“

„Ich auch“, antwortete Sophie, während sie ungerührt einige Blätter ausdruckte. „Geht es um den Einbruch bei der Schmuck-Designerin, Omi?“

Laura ließ sich verblüfft auf den Stuhl fallen, dann wurde ihr der Zusammenhang klar. „Ach, du hast die Nachrichten gehört?“

Sophie lächelte und strich sich ihre schwarzen Locken zum wiederholten Mal hinter die Ohren, bei dieser Hitze hielt einfach keine Frisur. „Das habe ich auch und dann kam ein Eilauftrag von der zuständigen Versicherung. Mit denen hatte ich schon oft zu tun und jetzt erwarten sie natürlich, dass ich alles vollkommen und möglichst schnell aufkläre. Das ist nämlich nicht der erste Einbruch dieser Art, es hat davor schon drei gegeben, alle mit einem Loch in der Wand.“

„Das ist ja höchst interessant!“ Laura blätterte in ihren Notizen. „Wir haben darüber geredet und meinen, dass da wirklich nur ein Kind durch passt. Wir suchen schon nach Kindergruppen, die Akrobatik oder Kunstturnen anbieten.“

„Kontorsion heißt das, was Schlangenmenschen machen.“

Oma Laura nickte nur. „Ich wollte mit Luisa gemeinsam schauen, wo es Menschen gibt, die früher so etwas gemacht haben. Irgendwer muss ja die Kinder, wenn es denn Kinder sind, trainiert haben. Aber vielleicht sind es ja auch gut trainierte Tiere? Denke an Edgar Allan Poe."

Sophie grinste. „Durch das Loch schafft es ein Orang Utan nicht. Möglicherweise ein abgerichteter Schimpanse, aber kann er dann auch die Schlösser knacken?"

Sie wies auf einen Metallreifen, der auf ihrem Schreibtisch lag.

„Ich glaube eher an die Variante mit gut trainierten Kindern. Lissy kommt nachher vorbei und wenn sie durch diesen Reifen mit 35 cm Durchmesser kommt, können wir davon ausgehen, dass für die Einbrüche Kinder benutzt werden."

Laura nickte erneut. „Das ist eine gute Idee. Bevor Lissy kommt, muss ich dir noch etwas zeigen. Stella war heute früh bei Solveig Soledo und hat alles gefilmt. Sie hat mir das Video und ein paar Fotos geschickt. Siehst du die dunklen Spuren am unteren Rand der Öffnung? Stella sagt, das sei eine ölige Flüssigkeit gewesen."

Sophie runzelte nachdenklich die Stirn.

„Im Netz habe ich gelesen, dass einige Schlangenmenschen darauf schwören, sich einzuölen, um biegsamer zu sein. Das würde unsere Vermutung bestätigen."

„Die öligen Spuren waren auch außen an der Mauer, die zu diesem verlotterten Garten führt. Die Polizei hat keine Spürhunde eingesetzt.“ Sie lächelte listig und Sophie reagierte wie erwartet. „Schon gut, Omi. Wir haben unsere eigenen Spürhunde. Ich rufe Fritzi an.“

Laura erhob sich. „Und wenn sie sich morgen mit Emilia verständigt, könnten sie sich auch noch ein wenig in der Gegend umsehen. So und jetzt brauche ich noch etwas Abkühlung vor dem Abendessen.“

Bevor sie jedoch ihr Badezimmer erreichte, klingelte Lissy, die nicht nur ihr Hündchen Hagrid mitbrachte, sondern auch Fritzi mit Hund und ihren Bruder Sporty von den *Kleinen Detektiven.*

„Wir haben von dem Einbruch gehört“, machte Sporty sofort klar und Fritzi ergänzte: „Wir dachten, solange die Spuren noch frisch sind, sollten wir unsere Hunde einsetzen.“

„Und ich bin der Bodyguard für die beiden.“Sporty legte seine Arme um die Schultern von Fritzi und Lissy. „Immerhin geht es um ein Verbrechen, da kann man nicht vorsichtig genug sein.“

Sophie lächelte. „Ihr kommt genau richtig, aber bevor wir uns den Tatort ansehen, muss noch eine entscheidende Frage geklärt werden, nämlich: Wie sind die Einbrecher in den Laden gekommen? Dieser Reifen ist so groß, wie das Loch in der Wand. Lissy schaffst du es, hier durch zu schlüpfen?“

Die hielt sich den Reifen über den Kopf und ließ ihn langsam nach unten gleiten, bis er auf der Hüfte festsaß. Oma Laura half ihr, sich wieder heraus zu winden und sah ratlos zu Sophie, die nur mit den

Schultern zuckte, bis Fritzi auf die rettende Idee kam.
Sie stellte den Reifen aufrecht vor Lissy, die am Boden kniete.
„Und jetzt stell dir vor, das ist das Kellerfenster, durch das du dich durchschlängeln musst. Sporty und ich halten fest."
Jetzt klappte es fast mühelos und Lissy sprang stolz auf.
„Haben sie es so gemacht? Dann können wir das auch beweisen."
„Und jetzt müssen wir sie nur noch fangen", ergänzte Sporty.
„Genau!" Oma Laura nickte überzeugt. „Und zwar so schnell es geht. Wir glauben, dass man diese Kinder zum Stehlen zwingt. Da niemand von ihnen weiß, wird ihnen auch niemand beistehen. Nur wir können ihnen helfen."

Nach einem schnellen Eis aus Oma Lauras unerschöpflicher Kühltruhe, trafen sich die Kids, Oma Laura und Sophie direkt am Tatort. Noch war alles mit Bändern abgesperrt und auch das Geschäft geschlossen. Interessanter war daher die Rückseite, die an einen vernachlässigten Garten grenzte.
Die braungemusterte Hündin Perla, die mehrere Rassen in sich vereinigte, übernahm die Führung und der kleine Hagrid folgte ihr. Anfangs schnüffelten beide Hunde nur am Zaun entlang. Dann stoppten sie an einem losen Zaunteil, durch das die Kinder in den Garten gelangen konnten, während Oma Laura und Sophie die Straße auf beiden Seiten beobachteten.
Fritzi hatte sehr darauf geachtet, dass alle an der Seite entlang gin-

gen, um die Spuren nicht zu gefährden. An dem Loch in der Mauer, das bis jetzt nur von innen abgedichtet war, nahm Perla die Spur sehr konzentriert auf und folgte ihr beharrlich, immer wieder nach hinten sehend, ob Fritzi ihr auch folgen konnte.
An einem etwas abseits der Straße gelegenen Haus, das höchstens drei Querstraßen entfernt war, blieb sie stehen, schaute Fritzi an und bellte leise.
„Bis hierher geht die Spur", stellte Fritzi fest. „Entweder sind sie ab hier mit einem Fahrzeug weiter oder sie wohnen hier."
Oma Laura betrachtete das baufällige Haus und den ungepflegten Garten misstrauisch. „Das sieht nicht so aus, als ob hier überhaupt jemand wohnt! Aber es hat zumindest eine Klingel."
Sie drückte so kräftig sie konnte, alle lauschten, aber es passierte nichts.
„Also ich möchte nicht hier wohnen, das Haus macht einen leblosen Eindruck, richtig gruselig." Oma Laura schüttelte sich und wandte sich ab.
Sophie hatte die Adresse dennoch notiert. Vielleicht waren sie einfach nur zur falschen Zeit anwesend?
„Möglicherweise treffen sich die Einbrecher hier nur und wohnen ganz woanders", mutmaßte Sporty etwas altklug.
Sophie klopfte ihm lächelnd auf die Schulter. „Das ist eine echt gute Idee, Watson. Leider habe ich meine technischen Spielzeuge nicht hier, um es zu prüfen, aber ich kann ja wiederkommen."

Sie wollten gerade gehen, als Fritzi ganz aufgeregt rief: „Da war etwas! Ganz oben, hinter dem Giebelfenster war ein Gesicht."
Alle starrten nach oben, bis ihnen die Augen tränten, aber da war nichts zu sehen.
„Vielleicht hat sich da etwas gespiegelt", versuchte Oma Laura zu erklären, aber Fritzi war sich sicher. Da war etwas gewesen und sie würde es beweisen! Also nickte sie nur, schwieg und schloss sich den anderen zum Heimweg an.
Aber zuhause, als Sporty sie mit ihrer falschen Beobachtung necken wollte, blieb sie eisern bei ihrer Meinung und stritt sich heftig mit ihm. Wenn nicht Oma Emilia angerufen hätte, um sich mit ihr zum Observieren zu verabreden, wäre sie alleine zu diesem Haus gegangen. Aber so war es entschieden besser.

Am nächsten Morgen, als Oma Laura gut gelaunt nach einer Nacht bei Markus, in Sophies Büro kam, saß die schon hochkonzentriert an ihrem Laptop und strahlte zufrieden.
„Du siehst aus, als gäbe es einen ersten Erfolg. Wirklich?"
Als Sophie nur breit lächelte, setzte sich Laura an die andere Seite des Tisches und zog ihren Stenoblock aus dem Fach. „Jetzt erzähle endlich, ich bin schon so gespannt."
Sophie nahm ihre Unterlagen und lehnte sich zurück. „Du hast mir erzählt, Stella würde nachforschen, wer von der Lieferung wusste, dass habe ich auch gemacht, aber von einer anderen Seite.

Die Firma, die geliefert hat, weiß natürlich am besten, wann sie liefert und was sie liefert. Und bei allen bisherigen Einbrüchen hat die gleiche Wertstofftransport-Firma geliefert, die *Conduct*.
Die habe ich mir mal genauer angesehen. Wusstest du, dass man so eine Firma schon mit einem einfachen Gewerbeschein eröffnen kann? Noch interessanter ist, dass jeder Einbruch genau einen Tag nach der Lieferung erfolgte."
Laura schüttelte den Kopf. „Aber so blöd ist doch niemand! Das lässt sich doch viel zu einfach nachverfolgen."
„Du hast recht, aber selbst wenn ich weiß, dass es jemand aus dieser Firma war, kann ich es nicht beweisen und die Beute haben wir auch nicht. Auf jeden Fall brauche ich jetzt mehr Informationen über die Beschäftigten. Einige Anfragen sind schon raus. Und heute früh habe ich den großen Baum gegenüber diesem seltsamen Haus mit ein paar Spielereien bestückt. Mal sehen, wer uns ins Netz geht."
Laura war begeistert. „Das ist schon mehr als ich erwartet hatte. Ich treffe mich nachher mit Luisa, wir gehen zu einer Zeitschrift, die sich mit Akrobatik und Artistik beschäftigt. Sie haben dort noch ein unmodernes Archiv mit Mikrofiche. Das wird spannend."

Am Nachmittag waren Emilia und Fritzi unterwegs, um sich den Tatort noch einmal gründlich anzusehen und Perlas Spur zu überprüfen. Emilias Eindruck von dem vernachlässigten Haus unterschied sich deutlich von den anderen. Sie war regelrecht fasziniert. Wann hatte sie schon mal die Gelegenheit ein solch düsteres Haus, das einer Erzählung von Stephen King entsprungen zu sein schien, direkt zu studieren? Am liebsten hätte sie sich Notizen gemacht, aber Fritzi drängelte sie, zum Giebelfenster zu sehen.

Während sie noch interessiert nach oben schauten, begann ein Hund zu bellen und ein wütender Dackel schoss aus dem Eingang, direkt auf Emilias Knöchel zu.

Bevor er zuschnappen konnte, stoppte ihn Fritzis Hündin. Sie bellte nur einmal, dann zog sich der Dackel winselnd zurück. Ihm war ein älterer Mann gefolgt, der sicher mal athletisch ausgesehen hatte, jetzt aber für seine Größe zwanzig Kilo zu viel mit sich herumtrug und sie grimmig ansah. „Das ist ein Privatgrundstück. Was wollen Sie hier?"

Emilia, die sich vorbereitet hatte, lächelte beschwichtigend.

„Wohnen Sie alleine hier?"

„Wen interessiert das?", knurrte der Mann.

Wieder lächelte Emilia freundlich, während sie Fritzi, die gerne näher herangegangen wäre, zu sich zog. „Wir kommen von der Volkssolidarität. Ich wollte nur wissen, ob Sie Angehörige haben, die Hilfe oder Pflege brauchen?"

„Hier wohnt niemand außer mir und jetzt verschwinden Sie!"

Emilia zog Fritzi und Perla energisch aus der Gefahrenzone, denn der Mann hatte zwar die Gartenpforte zugeworfen, stand aber

noch dahinter und beobachtete sie.
„Da oben ist jemand“, flüsterte Fritzi eindringlich. „Gestern habe ich ein Gesicht gesehen und heute ein Blatt Papier mit HELP darauf. Wir müssen sie befreien!“
„Fritzi, ich glaube dir“, auch Emilia flüsterte jetzt. „Aber solange der Mann dort steht, können wir nichts machen. Wir müssen Sophie informieren und wir brauchen einen Plan.“
Als sie in Sophies Büro kamen, saßen dort bereits Oma Laura und Luisa und strahlten zufrieden. An der Tafel, die Sophie immer nutzte, um Fakten und Verdächtige zuzuordnen, hängte sie gerade neue Bilder an. „Gut, dass ihr kommt, wir sind dabei, das Neueste zusammenzufassen.“
Sie wies auf ein älteres Foto aus einer Zeitschrift. „Das ist Alfredo, die Schlange, den die beiden entdeckt haben. Er war vor 30 Jahren einer der bekanntesten Kontorsionisten. Und als ich die Mitarbeiter der Wertstofftransport-Firma überprüft habe, fand ich einen Alfred Lauterbach, der mal Alfredo, die Schlange war und heute als Dispatcher natürlich bestens über die Lieferungen Bescheid weiß. Habt ihr eine Ahnung, wo der gute Herr Lauterbach wohnt?“
„Doch nicht etwa in diesem geisterhaften Haus?“ Oma Laura schüttelte sich in Erinnerung an diese Trostlosigkeit.
„Doch, genau da“, bestätigte Sophie triumphierend. „Aber der Mann lebt alleine, von Kindern keine Spur.“
„Wir kommen gerade von dort“, berichtete Emilia.

„Mir hat er das gleiche gesagt, nur wesentlich unfreundlicher.“
„Aber ich habe am Giebelfenster ein Blatt Papier gesehen, auf dem HELP stand.“ Fritzis Stimme zitterte ein wenig, so als ob sie schon erwartete, dass man ihr wieder nicht glaubte. „Wir müssen unbedingt dort rein.“
„Ich würde mir wünschen, dass es so einfach wäre.“ Auch Sophie hätte am liebsten gleich losgelegt, vor allem, wenn es um Kinder ging. „Aber wir müssen uns an das Gesetz halten. Auf den Aufnahmen, die ich vom Haus habe, sind keine Kinder zu sehen, auch nichts, was auf Kinder hindeuten könnte. Wir können also nicht ohne irgendwelche Beweise in ein Haus eindringen, so gerne ich das auch tun würde. Aber ich werde versuchen, das Giebelfenster besser zu erfassen.“ Fritzi nickte nur, sie würde schon einen Weg finden.

Am nächsten Tag nach dem Unterricht, wollte sie sofort wieder zu diesem Haus fahren. Am Vortag bei Sophie hatte sie gehört, dass der Mann bei einer Firma arbeitete, also würde er nicht zuhause sein. Ihren Bruder, der sie zurückhalten wollte, ließ sie gar nicht erst zu Wort kommen. Sie setzte nur Perla in das Körbchen, schwang sich auf ihr Rad und preschte davon. Auf irgendeine Weise würde sie ins Haus gelangen, die Kinder befreien und beweisen, dass sie recht hatte.
Dass sich Alfred Lauterbach gerade heute krank gemeldet hatte,

damit konnte Fritzi nicht rechnen.
Sie war gerade über den Zaun geklettert, als er sie schon am Genick packte und ins Haus zog, Perla bekam gleich einen Fußtritt. Sporty, der ihr auf seinem Rad gefolgt war, sah nur noch, wie seine Schwester ins Haus geschleift wurde. Und der Hund hatte nicht einmal zubeißen können!
Vor Schreck wurde ihm ganz schlecht, dann holte er tief Luft und rief Sophie an. „Du musst ganz schnell kommen! Der Mann hat Fritzi ins Haus geschleift, wir müssen ihr helfen! Ich gehe schon rein."
„Nein, warte…".
Aber das hörte Sporty schon nicht mehr. Mit kühnem Schwung flankte er über den Gartenzaun und hämmerte an die Haustür, bis der Mann öffnete. Fritzi war nirgends zu sehen, das hatte er gleich festgestellt. „Was haben sie mit meiner Schwester gemacht?", schrie Sporty und stürzte sich auf den Mann. Er war zwar erst 13, aber gut trainiert, während der Mann deutlich kleiner war und beim Zurückweichen auch noch über die Treppenstufen fiel, die nach oben führten.
Er wollte gerade an ihm vorbei sprinten, als er Fritzi sah. Sie kam stolz die Treppe herunter, mit zwei Kindern und einer jungen Frau, die sie aus einem verschlossenen Raum befreit hatte.
Sie grinste, als sie den Mann am Boden sah. „Sei vorsichtig, er ist gemein! Aber Karate kann er nicht. Gut, dass du ihn abgelenkt hast,

dadurch konnte ich oben das Verlies aufschließen.“
Als eine Polizeisirene zu hören war, schaute Sporty erst prüfend zu seiner Schwester, die das auch gut imitieren konnte, dann aber lächelte er erleichtert.
„Das ist jetzt die rettende Kavallerie, wie Onkel Mats immer sagt. Ich habe Sophie angerufen.“
Dann ging alles ganz schnell. Die alarmierte Streife nahm den schimpfenden Lauterbach fest. Inzwischen waren auch Sophie, Oma Laura, Luisa und Emilia angekommen und beeilten sich die Zusammenhänge zu erklären.
Als Sophie die Polizistin sah, die den Fall bearbeitete, atmete sie auf. Mit Vera war sie auf der Polizeischule gewesen, da würde es keine Komplikationen geben. Gemeinsam hörten sie sich die Geschichte der befreiten Frau an, die aus Siebenbürgen in Rumänien stammte und erstaunlich gut deutsch sprach.
„Mein Mann war Kontorsionist und sehr bekannt, er hat auch unsere Kinder trainiert, sie sind 5 und 7. Leider ist mein Mann vor 6 Monaten ganz überraschend gestorben. Wir hatten nicht viel Geld und als Herr Lauterbach kam und mir vorschlug, nach Deutschland zu gehen, wo die Kinder die Artistenschule besuchen könnten, war ich überglücklich. Worauf ich absolut nicht gefasst war, war dieses Gefängnis und dass er meine Kinder zwingen würde, für ihn einzubrechen.“ Sie schluchzte heftig und musste immer wieder unterbrechen, wirkte aber sehr erleichtert. „Wir wussten nicht, wer uns

helfen könnte, bis mein Sohn das Mädchen mit dem braunen Pferdeschwanz sah, das immer wieder kam und auch noch ein Hündchen hatte. Sowas wünscht er sich auch."
Nachdem die Familie in ein nahegelegenes Frauenhaus gebracht und die Krimifrauen mit den Kids zurückgekehrt waren, sah sich Sophie suchend um. „Von seiner Beute ist hier kaum was zu sehen. Bei vier Einbrüchen müsste doch einiges zusammenkommen."
„Vier Einbrüche?", staunte Vera. „Ich weiß nur von einem, die Steine im Wert von 25.000."
„Und vorher zweimal Edelsteine und einmal Diamanten, ich schätze zusammen mehr als 100.000", ergänzte Sophie. „Wir sollten einfach mal durchs Haus gehen, ehe die Spusi kommt."
Eigentlich hoffte sie auf ihren besonderen Spürsinn, der sich immer mit einem inneren Summen bei ihr meldete, wenn etwas gefunden werden sollte.
Aber im gesamten Haus reagierte nichts, vermutlich hatte Lauterbach irgendwo noch andere Verstecke. Aber ohne das Diebesgut wäre ihr Fall noch lange nicht gelöst. Sie seufzte, was sie jetzt brauchte, wäre ein wenig Klatsch aus dem Umfeld und dafür hatte sie mit den Krimifrauen ja die besten Spezialistinnen.

Noch am Abend informierte Laura die anderen Krimifrauen über die Festnahme und lud sie für den folgenden Tag zu einer Sondersitzung ein, um über mögliche Verstecke der Beute zu diskutieren.

Angesichts der Temperaturen traf man sich in Lauras Garten, unter dem größten Sonnenschirm und natürlich bei Eiskaffee. Es herrschte zwar Freude über die schnelle Lösung, aber auch ein wenig Enttäuschung darüber, dass alles schon wieder vorbei sein sollte. Vor allem bei Stella und Christiane, die sich mächtig angestrengt hatten.
„Ich habe eine ganz fantastische Artistik-Gruppe gefunden", schwärmte Christiane. „Mit der Leiterin habe ich gestern Abend noch gesprochen. Falls diese Kinder hier zur Schule gehen werden, sind sie dort herzlich willkommen."
„Ich bin echt froh, dass wir ihn haben", erklärte Stella. „Solveig habe ich gestern noch angerufen und wir sind beide sehr erleichtert, ich vor allem, weil ich jetzt meinen grünen Anhänger doch noch bekomme. Aber zuvor müssen wir die Beute finden, was ist mit einem Bankschließfach?"
Sophie schüttelte sofort den Kopf. „Ich habe heute früh mit der Verantwortlichen gesprochen, die den Fall bearbeitet. Es gibt keine Hinweise auf Bankschließfächer, keine Schlüssel für Ähnliches am Bahnhof und Lauterbach hat in diesem Zeitraum auch nicht das Land verlassen."
„Vielleicht hat er alles bei einem Freund deponiert?" Claire hatte das auf jeden Fall so gemacht.
„Hat dieser Mann überhaupt Freunde?", fragte sich Emilia.
„So grantig und knurrig wie dieser Mann ist, da kann ich mir nicht

vorstellen, dass jemand sein Freund sein wollte."

„Immerhin muss er seinen Dackel geliebt haben", stellte Stella nachdenklich fest. „Ich war gestern bei uns im Tante-Emma-Laden, als Laura das Foto geschickt hat. Und Emma, die alles weiß und jeden kennt, hat mir erzählt, dass dieser Mann seinen Dackel so geliebt hat, dass er jetzt immer noch zu dem Grab auf dem Hundefriedhof kommt."

„Was der Dackel soll tot sein?" Emilia schrie es fast, so empört war sie. „Das Vieh hat mich vorgestern beinahe gebissen. Da ist doch was faul!"

„Das glaube ich aber auch." Laura war schon aufgesprungen. „Es besteht zwar noch die winzige Möglichkeit, dass es zwei Dackel gibt, aber das glaube ich nicht. Und ich würde zu gerne wissen, was dort vergraben wurde. Wo ist denn dieser Hundefriedhof?"

Ehe sie eine Antwort erhielt, klingelte es. Fritzi, Lissy und Sporty mit ihren Hunden, waren auf der Suche nach den befreiten Kindern.

„Ihr kommt genau richtig", rief Sophie. „Wir müssen alle zum Hundefriedhof."

„Zu welchem?", fragte Sporty, der sich als Kurier gut auskannte. „Einer ist zwei Querstraßen weiter, der andere am Stadtrand."

„Wir fangen mit dem nächsten an", entschied Laura.

„Aber wie wollen wir denn herausfinden, welches die richtige Grabstätte ist?", gab Antonia zu bedenken.

„Und darf man dort so einfach exhumieren?“
Laura grinste. „Das erste ist ziemlich einfach. Wir haben zwei bewährte Sucherinnen, nämlich Perla und Sophie.“
„Und was danach kommt, entscheiden wir vor Ort“, rief Sophie. „Geht schon vor, ich komme mit dem Wagen nach.“

Auf der gepflegten Anlage des Hundefriedhofs lief dann alles wie nach Plan. Perla führte Fritzi zielsicher zu einem Grabstein auf dem *Für Waldi* stand und auch Sophie spürte das besondere Summen sofort, als sie sich mit einem Klappspaten näherte.
Nachdem sich die Frauen und die Kids schützend um das kleine Karree verteilt hatten, genügten zwei Aushube, damit Sophie bereits auf Metall stieß. Mit Sportys Hilfe hob sie einen ziemlich großen Kasten heraus, um enttäusch festzustellen, dass er mit einem stabilen Schloss gesichert war, das auch nach einigen kräftigen Hieben mit dem Spaten intakt blieb.
„Lass mich mal“, rief Oma Laura, die in ihrer Tasche kramte, um kurz darauf das Schloss, wie durch Zauberhand zu öffnen.
Sophie schüttelte mit Blick auf Onkel Julians Dietrich nur vorwurfsvoll den Kopf und riss dann mit einem Ruck den Deckel auf.
Alle starrten beeindruckt auf die vielen Beutel, die in allen Farben glitzerten, vermutlich die Beute von vier Einbrüchen oder vielleicht auch mehr? Nachdem sich alle abgeklatscht und es ausgiebig genossen hatten, dass das Gute erneut gesiegt hatte, rief Sophie Vera

an, damit jetzt der Dienstweg wieder eingehalten werden konnte.
Am Mittwoch der folgenden Woche, als sich die Krimifrauen wie üblich im *Café Schokohimmel* trafen, waren die meisten immer noch in Siegerlaune. Einen so schwierigen Fall, der fast unmöglich schien, in so kurzer Zeit aufzuklären, das war es schon wert, alles noch einmal in Erinnerung zu rufen.
Und auch von Laura zu hören, dass die armen Kinder und ihre Mutter eine Zukunft hatten und psychologisch betreut wurden.
Der Höhepunkt aber war, als Stella das Dankeschön der Designerin überbrachte. „Solveig ist überglücklich. Die Versicherung hat wohl bei der Polizei etwas Druck gemacht, schließlich ist die Beweislage sonnenklar. Auf jeden Fall wird sie ihre Steine schon nächste Woche wieder bekommen. Sie möchte sich bei uns allen bedanken und hat uns kleine Kettenanhänger in Form einer Rose gemacht, für die meisten in Rosenquarz, für Luisa und mich aber in gelbem Citrin, wegen der Haarfarbe."

Als Laura und Luisa später höchst zufrieden in ihren Garten einbogen, saß Sophie auf der Schaukel und packte etwas aus, das wie ein Pferdezaum aussah.
„Was hast du denn damit vor, willst du dir Ponys anschaffen?"
Laura schaute etwas irritiert.
„Die habe ich doch schon", lachte Sophie. „Felix hat eine Fahrt auf einem Floß für uns gebucht und hiermit kann ich sicher sein,

das Laurie und Leon nicht baden gehen. Ich werde auch Fritzi, Lissy und Sporty mitnehmen, als kleine Belohnung für ihre Hilfe."
„Da werden sie sich bestimmt freuen. Das ist doch schon ein richtiges Abenteuer." Luisa nickte überzeugt, während Laura noch überlegte.
„Ich war noch nie auf einem Floß. Kann man da auch übernachten?"
Sophie betrachtete ihre Großmutter misstrauisch, die hatte bestimmt wieder etwas Ausgefallenes vor „Nein, Omi, da brauchst du ein Hausboot."
Lauras Augen begannen zu leuchten. „Ich mit Markus auf einem Hausboot, was für eine fantastische Idee!"
Luisa grinste wissend. „Du als seine Pretty Belinda, da wird es mächtig stürmisch werden."
Beide lachten, nur Sophie schüttelte den Kopf. Großmütter! Hoffentlich werde ich später mal genauso!

## Die glücklichen Erben

Seit Wochen dauerte die quälende Hitze bereits an, jeden Tag kletterte das Thermometer über 30°C.
Laura Graf hatte deshalb schon sehr früh am Morgen im Garten Beeren gepflückt und dann am Zaun noch ein Schwätzchen mit Lucky Luke gehalten, dem Partner ihrer Freundin Luisa.
Lukas war genau wie Markus, der neue Mann in ihrem Leben, schon oft in die Aktionen der Krimifrauen einbezogen worden und beide hatten sich hervorragend eingefügt.
Während Laura die Erdbeeren ins Haus trug, dachte sie wie so oft in letzter Zeit. Was hatten wir doch für ein Glück, noch einmal die große Liebe zu treffen!
Schließlich war sie siebzig, auch wenn sie sich wie fünfzig fühlte und auch noch die Bücher für die Detektei ihrer Enkelin Sophie führte. Und seit die Zwillinge da waren, Felix seine Elternzeit angetreten hatte und Sophie wieder arbeitete, hätte sie gut und gerne vier Hände haben können.
In der Küche stellte sie die Beeren ab und suchte nach Abkühlung. Während sie ihre silberblau getönten Haare aus dem Gesicht pustete, stöhnte sie. „So heiß war es im Juli schon lange nicht mehr. Die Kinder haben recht, es muss wirklich mehr für das Klima getan werden.“

Gerade als sie ihren Kühlschrankinhalt prüfend besah und sich vornahm, ab jetzt unbedingt häufiger mit dem Rad zu fahren, klingelte ihr Telefon.
Henriette, ihre Nachfolgerin in der Leitung des Museums, meldete sich. „Laura, wie schön, dass ich dich gleich erreiche. Ich habe ein Problem und keine Ahnung, ob und wie man es lösen könnte."
Laura, die schon an Henriettes zitternder Stimme bemerkte, dass es sich nicht nur um ein mittleres Chaos handelte, klärte gleich das Wichtigste ab. „Sag jetzt bloß nicht, dass schon wieder eingebrochen wurde?"
„Nein, das ist es nicht, aber es ist fast so schlimm. Erinnerst du dich an die lange angekündigte Übereignung der Steinsammlung durch Frau von Ambesser?"
„Ja klar." Laura verdrehte die Augen, während sie an diese etwas schwierige Gönnerin „ihres" Museums dachte, die immer irgendwelche Sonderrechte beanspruchte, nur weil sie dem Museum im Gegenzug nach ihrem Ableben eine sehr seltene Stein- und Fossilien-Sammlung vererben wollte.
Allerdings waren das wirklich besondere Einzelstücke, die die Familie von Ambesser im Laufe der Jahrhunderte aus allen Teilen der Welt zusammengetragen hatte und die den internationalen Ruf des Museums erheblich aufwerten würden.
„Also was ist passiert? Hat sie wieder einen Sonderwunsch?"
„Nein, das ist es nicht. Sie ist vor zwei Wochen ganz überraschend

verstorben und gestern war die Testamentseröffnung."
„Und jetzt brauchst du vermutlich die richtigen Fachleute für die Bewertung der Steine?" Laura wurde langsam ungeduldig.
„Nein, ganz sicher nicht. Ich weiß gar nicht, wie ich es dir sagen soll. Sie hat ihr Testament geändert und das Museum lediglich mit 10.000 Euro bedacht. Das gesamte Erbe, das in die Millionen geht, einschließlich der wertvollen Steinsammlung, fällt an einen entfernten Verwandten, den sie erst kurz vor ihrem Tod getroffen haben soll. Ihr Anwalt wusste davon auch nichts und war ziemlich verschnupft."
Laura krauste überrascht die Stirn und schüttelte ungläubig den Kopf. „Mir hat sie immer erzählt, sie habe keine lebenden Verwandten. Da stimmt doch etwas nicht!"
Sie hatte schon oft dieses untrügliche Gefühl verspürt, wenn etwas nicht in Ordnung war. Und hier war ganz entschieden etwas nicht in Ordnung!
„Ich war so überrascht von dieser Änderung, dass ich gar nicht weiß, wie es weitergehen soll. Wir hatten mit der Sammlung so viel vor." Henriette klang erneut so zaghaft und unsicher, dass sich Laura wieder auf die Fakten konzentrierte.
„Weißt du denn, wer der neue Erbe ist?"
„Ja, er war bei der Verlesung des Testaments anwesend. Ein relativ junger Mann, ich schätze Anfang Dreißig, ein gewisser Farid Krause. Glaubst du, dass Sophie noch etwas für uns tun könnte?"

„Ich werde mit ihr sprechen, Henriette. Du weißt, sie hat viel zu tun, aber das erscheint mir doch sehr wichtig. Ich halte dich auf dem Laufenden."

Laura atmete tief ein. Das war wirklich sehr sonderbar und den Namen Farid Krause hatte sie mit Sicherheit noch nie gehört.

Sie erinnerte sich sehr gut dran, wie Frau von Ambesser die Ahnenfolge ihrer Vorfahren mehrere Jahrhunderte zurück, präsentiert hatte. Ein Krause war garantiert nicht darunter gewesen. Natürlich gab es auch in Familien, die ihre Ahnenfolge heilig hielten, Seitensprünge und bürgerliche Namen, aber in dieser sprach alles dagegen.

Laura konnte förmlich spüren, wie sich ihre Nackenhaare nach oben kräuselten, wie immer, wenn sie Unrecht witterte.

Voller Empörung stürmte sie regelrecht in das Büro ihrer Enkelin.

„Sophie-Schatz, wir haben einen neuen Fall!"

Sophie Graf-Brunner, die junge Privatdetektivin, schaute überrascht von ihren Notizen auf. Oma Laura würde bei dieser alles lähmenden Hitze niemals ein solches Tempo anschlagen, wenn die Situation nicht mindestens genauso heiß wäre, wie das Wetter.

Sie schob ihr ein Glas Eistee über den Tisch und schaute sie fragend an. „Was ist los?"

Laura ließ sich in den Sessel fallen. „Henriette hat angerufen."

„Oh nein, hat schon wieder jemand eingebrochen?"

„Nein, es ist etwas anderes. Früher sagte man zu solchen Sachen

Erbschleicherei. Ich habe keine Ahnung, ob das heute auch noch so heißt?“

Sophie lächelte und dozierte etwas oberlehrerhaft. „Erbschleicherei ist kein eigener Straftatbestand. Man kann durchaus Leute ungestraft manipulieren, um an ihr Geld zu kommen. Anders sieht es aus, wenn ein Testament gefälscht ist oder in Teilen verfälscht wird, dann greift das Gesetz sofort.

Wem das nachgewiesen werden kann, der muss nicht nur mit einer deftigen Geldstrafe, sondern auch mit Freiheitsstrafe bis zu 5 Jahren rechnen. Allerdings muss man das sicher nachweisen können. Ich habe gerade so einen Fall.“

„Das trifft sich gut, vielleicht gibt es Ähnlichkeiten. In meinem Fall sollte das Museum eine wertvolle Sammlung erhalten und obwohl die Verstorbene keine Angehörigen hatte, hat sie plötzlich ihr Testament geändert und fast alles an einen entfernten Verwandten vererbt.“

Sophie zog überrascht die Augenbrauen zusammen und fixierte Laura mit ihren blauen Augen aufgeregt. „Lass mich raten. Das Museum ist nicht völlig gestrichen, sondern bekommt noch eine kleinere Zuwendung?“

„Stimmt. Woher weißt du das?“

Sophie schüttelte immer noch den Kopf und schob eine Strähne ihrer schwarzen Locken hinter die Ohren. „Das ist nicht zu glauben. Ich habe einen fast identischen Fall. Lissys Oma, Frau Herz, war gestern bei mir. Sie ist die Nachlassverwalterin einer langjährigen Bekannten. Der größte Teil von deren Vermögen sollte nach ihrem Tod an das Tierheim gehen. Es gab konkrete Absprachen, dass dort ein neuer Gebäudetrakt errichtet wird, der den Namen der früh verstorbenen Tochter erhält. Frau Herz hat die Bekannte in letzter Zeit kaum gesehen, weil ihr Haus umgebaut wird, übrigens in eine Rentner-WG."

„Du brauchst das gar nicht so zu betonen. Ich ziehe hier nicht aus."

Sophie lachte. „Das sollst du auch nicht. Was würden wir denn ohne dich anfangen?"

Laura lehnte sich beruhigt zurück. Ab und zu musste man seinen Wert auch mal klar stellen. „Und jetzt ist die Frau verstorben?"

„Ja. Aber die Verhältnisse sind aus der Sicht von Frau Herz sehr unklar. Die Frau hat ihr am Telefon erzählt, dass sich jemand aus ihrer Verwandtschaft bei ihr gemeldet habe. Sie fand es ganz nett, ein wenig beim Tee zu plaudern und die Nichte um die siebente Ecke, habe auch schöne Plätzchen mitgebracht, aber weitergehende Veränderungen wären nicht angekündigt worden.

Einen Tag später war die Erblasserin tot und das gesamte Erbe, außer 10.000 Euro für das Tierheim, geht an diese ominöse Nichte, eine Nesrin Krause."

Laura schoss förmlich aus dem Sessel hoch. „Das gibt es doch nicht. Das Museum bekommt ebenfalls 10.000 Euro und der Begünstigte heißt Farid Krause."

„Das könnte auch Zufall sein“, wiegelte Sophie ab. „Der Name Krause ist bestimmt genauso häufig, wie Müller, Meier und Schulze.“
„Du hast recht, altdeutscher Adel haben wir diese Namen immer genannt. Aber komisch ist es schon. Ich finde, dass wir uns die glücklichen Erben genauer ansehen sollten.“
„Und ganz sicher auch die Testamente. Frau Herz hat mir eine Kopie mitgebracht und einen Handschriftenvergleich von ihrer Bekannten. Ob Markus mal darüber gucken könnte, ehe wir zu weit gehen und uns lächerlich machen?“
„Für das Museum hätte ich das auch gerne jetzt schon gemacht, aber wir haben leider noch keine Abschrift. Ich fahre am besten sofort zu Markus“, erklärte sie und packte die Unterlagen sorgfältig ein. „Er hat mir verraten, dass er eine Torte vorbereitet, für die ich vorhin die Beeren gepflückt habe. Also erwartet mich nicht vor heute Abend zurück.“

Sophie nickte und sah ihr lächelnd nach. Es war nicht nur schön zu sehen, wie glücklich Oma Laura mit Markus war, es war auch ziemlich nützlich, einen anerkannten Schriftsachverständigen in der Familie zu haben.
Sie lehnte sich zurück. Egal wie das Gutachten ausfallen würde, bis dahin konnte sie sich in den sozialen Netzwerken nach diesen beiden Namen umsehen. Als sie das Ergebnis sah, stieß sie sich

unmutig mit dem Drehstuhl von ihrem Schreibtisch ab. Zu früh gefreut! Mehr als ein Foto und der Name war bei beiden nicht zu sehen. Auch bei den aufgelisteten Freunden fand sich niemand mit dem gleichen Familiennamen. Dennoch hatte sie das gleiche ungute Gefühl wie Oma Laura.

Dieser Zufall war einer zu viel. Man müsste tiefer graben und das könnten am besten Ben und Noddy von den *Kleinen Detektiven* übernehmen. Die beiden hatten eine Art Gesichter-Erkennungs-Programm für die sozialen Netzwerke gebastelt und überprüften schon seit längerem die Kandidaten für Majas Kontaktbörse in der *Weiberwirtschaft*.

Es müsste doch interessant sein herauszufinden, mit wem diese beiden Krauses bekannt waren oder in welchen Kreisen sie verkehrten.

Ben, den sie sofort erreichte, war vermutlich durch die viele Freizeit in den ersten Ferienwochen gelangweilt, denn er übernahm hocherfreut den Auftrag.

Während Sophie weiter ihr Tagesprogramm abarbeitete, schaute sie immer wieder zur Uhr, aber Oma Laura ließ sich wirklich viel Zeit. Inzwischen hatte Sophie weitere Aufträge abgerechnet und bereitete die Spesen-Rechnungen vor. Seit sie ihr Spürhund-Gen wieder entdeckt und sich damit einen Namen gemacht hatte, nahm die Zahl ihrer Aufträge ständig zu. Es kamen immer mehr Menschen, die überzeugt waren, dass sie alles Wertvolle, was je verschwunden

war, wieder beschaffen könnte. Gerade hatte sie eine verzweifelte Familie sehr glücklich gemacht, indem sie das Schmuckversteck der verstorbenen Erbtante aufgespürt hatte.
Dankbar waren auch die Mitarbeiter einer Regierungsbehörde, bei der vor kurzem ein wertvolles Gastgeschenk verschwunden war, ein Collier aus großen, blauweißen Mondsteinen. Die Peinlichkeit, den Verlust zuzugeben, blieb ihnen erspart, da Sophie bei den Gesprächen mit dem Sicherheits- und Reinigungsdienst, sofort riechen konnte, wer sie ganz dreist belog.
Sie lächelte, damit und mit dem Spürhund-Gen für verborgene Schätze, hatte sie wirklich zwei fantastische Fähigkeiten, die ihr oft geholfen hatten. Nur jetzt leider nicht und das war frustrierend! Aber wenn die Fälschung klar bestätigt wäre, könnte sie weiter machen, zur Not auch mit klassischer Ermittlungsarbeit.

Entschieden schob sie ihre Unterlagen zur Seite. Jetzt musste sie sich erst einmal um ihre Babies kümmern, falls die sie überhaupt vermisst hatten. Solange Felix an einer Fortbildung teilnahm, wurden sie probeweise von der Tagesmutter betreut.
Als sie mit Laurie und Leon zurückkam, saß Oma Laura schon höchst zufrieden am gedeckten Abendbrottisch.
Sie lächelte wie eine Katze, die den Sahnetopf nicht nur entdeckt, sondern bereits geleert hatte.
„Du bekommst morgen früh ein ordentliches Gutachten, aber ich

weiß es schon. Das Testament ist gefälscht, sehr geschickt gemacht, aber eindeutig gefälscht!“
„Das hatte ich gehofft.“
Sophie lächelte erleichtert und ließ ihren Nachwuchs auf dem Teppich frei, wo die beiden mit erstaunlicher Geschwindigkeit zu Oma Laura robbten.

Erst als die beiden satt und zufrieden in ihren Bettchen lagen, wandten sich Sophie und Laura bei einer erfrischenden Weinschorle wieder dem Thema zu.
„Ich kann mir einfach nicht vorstellen, wie diese Leute an das Testament gekommen sind. Und sie mussten zwingend den bisherigen Text kennen, sonst hätten sie die Legate für das Tierheim oder das Museum nicht berücksichtigt.“ Sophie hatte die ganze Zeit darüber gegrübelt, aber noch keine Lösung gefunden.
„Vielleicht hat die angebliche Nichte um die siebente Ecke bei ihrem Besuch das Testament gestohlen.“ Dann schüttelte Laura bei ihrer eigenen Vermutung schon wieder den Kopf. „Aber bei Frau von Ambesser halte ich das für ausgeschlossen, deren Testament lag doch bestimmt beim Anwalt.“
Sophie machte sich Notizen, was sie noch überprüfen musste und nickte. „Und dass beide den gleichen Anwalt hätten, wäre wahrscheinlich wieder ein Zufall zu viel.“
Ein Blitz erhellte den Himmel, danach ertönte ein leises Donnern,

das aber noch weit entfernt schien. Oma Laura stand auf und räumte resolut die Gläser ab. „Wir beide gehen jetzt schlafen, damit wir für morgen fit sind. Außerdem setze ich am Nachmittag die Krimifrauen auf diesen Fall an. Das wäre ja gelacht, wenn wir nicht hinter diese Machenschaften kämen."

Am nächsten Tag hatte es sich deutlich abgekühlt. Nachdem das Gewitter noch die halbe Nacht gewütet hatte und erst am Morgen weiter gezogen war, konnte man endlich wieder freier atmen. Laura hatte sogar das Gefühl besser denken zu können, als sie sich auf den Weg zum alten Bahnhof machte.

Jeden Mittwoch trafen sich dort die Krimifrauen im *Café Schokohimmel,* um über ihre geliebten Krimis zu sprechen, aber noch lieber, um dafür zu sorgen, dass Straftaten auch wirklich bestraft wurden.

Laura sah sich auf dem Weg dorthin etwas erstaunt um, sie schien heute wirklich die Letzte zu sein. Luisa, ihre Nachbarin und Freundin seit Kindertagen, hatte ihr nur mitgeteilt, dass sie vorher noch eine Bekannte besuchen und anschließend direkt zum Café kommen wollte.

Als Laura eintrat, war es auch dort angenehm kühl und frisch. Sie bewunderte, wie es die Inhaberin Letty immer wieder verstand, für ihre Gäste genau die angenehme Atmosphäre zu schaffen, bei der man am liebsten bleiben würde. Sie hätte nicht entscheiden können,

woran das hauptsächlich lag. Waren es die sanften Farbnuancen von Violett, lag es an dem betörenden Duft von Schokolade und Kaffee oder doch an der neuen Belüftung, die sich wie eine angenehme Meeresbrise anfühlte?
Die meisten Krimifrauen waren schon da und saßen an ihrem Stammtisch. Stella, die Witwe eines bekannten Malers und Claire, die früher ein Reisebüro hatte, konnten sich am Büfett noch nicht entscheiden, ob sie die Eistorte oder lieber die Schoko-Mousse-Torte wählen sollten. Laura gesellte sich zu ihnen, ließ sich aber nicht auf die Debatte ein, sondern orderte einen Latte-Macchiato-Kuchen. Erst als sie alle begrüßt hatte, hastete Luisa  in das Café und bestellte eilig. Auch als sie am Tisch saß, machte sie noch einen abwesenden Eindruck.
Laura betrachtete sie mit Sorge, hielt sich aber mit Fragen zurück. Nachdem die Torte verspeist war und sich die fragenden Blicke auf Laura richteten, machte sie die Ankündigung, auf die viele schon ungeduldig gewartet hatten.
„Mädels, wir haben einen neuen Fall. Eigentlich sind es zwei, aber Sophie und ich sind der Meinung dass sie zusammenhängen."
Während sie erläuterte, wie die ursprünglichen Testamentsregelungen für das Museum und das Tierheim lauteten und was dagegen bei den Testamentseröffnungen passiert war, schien Luisa immer noch mit ihren Gedanken beschäftigt.

Als aber die neuen Erben genannt wurden und der Name Krause fiel, sprang sie total entsetzt auf.
„Das kann doch nicht sein! Wie heißen die Erbbegünstigten?"
Laura sah sie prüfend an. „Ich weiß nicht, ob ich die Vornamen richtig ausgesprochen habe, aber der Familienname ist bei beiden Krause."
Luisa setzte sich wieder und schüttelte sorgenvoll den Kopf. „Und Sophie geht davon aus, dass es sich um Betrug handelt?"
Laura nickte überzeugt. „Ich denke schon. Bis jetzt wissen wir, dass mindestens ein Testament gefälscht wurde. Markus hat das bombensicher festgestellt. Es handelt sich um eine sehr geschickte Fälschung und der Fälscher muss das ursprüngliche Testament kennen. Nicht nur wegen der Handschrift, sondern auch weil die früheren Erbberechtigten weiter berücksichtigt wurden, allerdings nur mit einem Bruchteil der ursprünglichen Zuwendung. Meine Frage ist also: Wer hat Zugang zu den Testamenten?"
Christiane, die ehemalige Lehrerin, nahm bei dieser Frage, die Karten mit den berühmten Ws aus der Tasche und hielt das WER hoch.
„Normalerweise würde ich sagen die Verwandten, aber in diesem Fall gab es ja bis kurz vorher keine." Claire eröffnete die Diskussion, schränkte aber auch wieder ein. „Solange wir nicht wissen, ob auch das zweite Testament gefälscht ist, schließe ich auch nicht aus, dass man sich über einen wieder gefundenen Verwandten so freut, dass man gerne das Testament ändert."

„Aber wenn die Frau einen Tag nach dem Besuch der angeblichen Nichte schon tot war, wann soll sie das Testament geändert haben? Ich schätze eher, dass das schon vorbereitet war. Viele Leute hinterlegen ihr Testament bei einem Rechtsanwalt oder einem Notar. Da könnten auch Begehrlichkeiten geweckt werden.“ Emilia, die frühere Psychologie-Dozentin, die jetzt Krimis schrieb, konnte sich eine solche kriminelle Energie gut vorstellen.“

„Vielleicht gab es ja vorher auch schon Einbrüche“, überlegte Stella, „und der, der das Testament gestohlen hat, gibt sich dann als Verwandter aus. So ähnlich wie der Enkel-Trick über den wir im Frühjahr gesprochen haben. Aber dazu müsste man ja ein paar genauere Kenntnisse über die Familie besitzen.“

„Das ist überhaupt kein Problem. Du kannst dir nicht vorstellen, was man im Internet alles finden kann. Moment, ich habe das notiert.“

Antonia, die ehemalige Krankenschwester suchte in ihrer Handtasche. „Mein Achim will die Geschichte seiner Familie erforschen, deshalb habe ich nachgesehen. Es gibt unzählige Seiten, die sich mit Genealogie beschäftigen. Bei einer einzigen erhältst du mehr als 6 Milliarden Geburts-, Heirats- und Todesanzeigen aus 32 Ländern. Dazu 25 Millionen Seiten aus historischen Zeitungen zurück bis zum Jahr 1803 und noch 100 Millionen Grabstein-Inschriften. Du kannst dort recherchieren und brauchst lediglich den Namen der angeblichen Verwandten, Geburtsdatum und Anschrift.“

Emilia schüttelte missbilligend den Kopf. „Und sonst sind wir immer so für Datenschutz. Aber da kannst du dir auf die Schnelle eine Familie basteln, weißt sogar Einzelheiten vom Urgroßvater oder der Großtante und kannst dich problemlos einschleichen."

Auch Laura war erschüttert. „Ich habe das komische Gefühl, dass das noch nicht das letzte Testament ist, mit dem es Probleme gibt. Also redet mit möglichst vielen darüber, vielleicht finden wir noch andere Fälle, bei denen der Name Krause auftaucht, egal ob Farid oder Nesrin."

„Du kannst gleich noch einen dritten Namen dazu setzen, Walid Krause, gleiches Problem, aber geringere Summe", ergänzte Luisa. „Wegen dieser Sache kam ich heute später. Ein alter Herr hat der Tochter der Frau, die für ihn einkauft und manchmal auch putzt, versprochen, Geld für das Studium zu vererben.

Als der Mann jetzt verstarb, tauchte ein völlig neues Testament auf. Das Mädchen erhält statt der 20.000 im bisherigen Testament, jetzt nur noch 1.000 Euro, alles andere geht an Walid Krause."

Die Frauen waren empört und hätten sich sicher noch länger Luft gemacht, aber Laura schloss die Sitzung.

„Bleibt so aufgebracht und redet mit vielen Betroffenen.

Hier geschieht meiner Meinung nach großes Unrecht und wir werden etwas dagegen tun."

Auf dem Heimweg hielt Laura ihre Freundin Luisa zurück.

„Du hast doch was, gibt es Probleme mit Luke?"

Luisa seufzte. „Nein, das ist es nicht. Der Mann ist wirklich ein Glückstreffer für mich. Aber mich holt wieder mal meine Vergangenheit am Kammergericht ein.

Wir hatten vor langer Zeit in einem Verfahren eine junge Frau, die Krause hieß. Sie war nicht nur enorm geschickt im Fälschen von Zeugnissen und Attesten, sie hatte auch genügend juristisches Wissen und war dreist genug, sich gegen den damaligen Vorsitzenden Richter durchzusetzen. Das Verfahren wurde schließlich wegen eines Formfehlers eingestellt, den meine Leute zu verantworten hatten. Das verschafft mir noch heute ein schlechtes Gewissen, wenn ich in so einem Zusammenhang den Namen Krause höre."

Laura legte tröstend den Arm um Luisas Schultern und schüttelte sie leicht.

„Du darfst dir nicht immer die Schuld an allem geben. Menschen machen Fehler und außerdem füllt jeder Fall, den wir hier lösen, dein Gerechtigkeitskonto wieder auf."

Luisa lächelte zaghaft. „Ich wusste gar nicht, dass es so etwas gibt. Aber du hast recht. Konzentrieren wir uns lieber auf die Erbschleicher. Ich habe eine Abschrift des Testaments und eine Schriftprobe mitgebracht, damit es sich Markus ansehen kann.

Wenn es irgendwie möglich ist, würde ich der Mutter des Mädchens gerne helfen. Sie hat bei mir gearbeitet bis sie krank wurde."

Laura, die auch in Gedanken war, nickte zustimmend, aber Luisa war noch nicht fertig. „An diesem Fall gibt es noch einiges, das ich

nicht verstehe. In der Regel brauchen doch die Erben einen Erbschein, vor allem, wenn es um die Auflösung von Bankkonten geht. Ist denn im Nachlassgericht keinem die Häufung dieses Namens aufgefallen?“
Laura zuckte mit den Schultern. „Vielleicht gerade wegen Krause. Hast du eine Ahnung wie viele Telefonanschlüsse es unter diesem Namen gibt? Wir brauchen entschieden mehr Informationen.“

Am nächsten Tag meldeten sich Ben und Noddy mit den ersten Fotos bei Sophie. Nachdem sie auch den dritten Namen hinzugefügt hatten, war die Suche endlich ergiebiger geworden.
„Die drei scheinen eine Familie zu sein, treffen sich aber selten, meist postet nur dieser.“
Ben deutete auf das Foto eines attraktiven Mannes um die Dreißig. Er scheint in einem ziemlich teuren Altenheim zu arbeiten. Der Name ist auf diesem Foto.“
„Sonst tauchen nur noch zwei Personen häufiger auf, ein Mann und eine ältere Frau“, setzte Noddy fort, der sich nervös über seine roten Stoppelhaare strich. „Der Mann scheint der Freund der jüngeren Frau zu sein und die ältere Frau ist vermutlich die Mutter von allen oder die Clan-Chefin.“
Sophie lachte. „Wie kommst du denn darauf?“
Wie immer errötete Noddy heftig, verteidigte aber seine Meinung. „Das sagen sie doch immer im Fernsehen. Wenn eine ganze Fami-

lie beteiligt ist, heißt das Clan-Kriminalität."
Sophie wurde nachdenklich. „Wenn es sich wirklich in diese Richtung entwickelt, dann brauchen wir mehr Hilfe. Zurzeit warte ich noch auf die letzten Informationen über die Arbeitsstellen, aber die Privatadressen habe ich ja schon. Wenn wir mit dem Observieren beginnen, kann ich dann mit euch rechnen?"
Ben hatte die Liste bereits fotografiert und salutierte grinsend. „Fahrradstreife oder mit Omas?"
Sophie grinste. „Das entscheiden wir noch. Wollt ihr die Wohngegend mal sehen?"
Über Google Earth betrachteten sie dann die Häuser der drei Erben schweigend, bis Noddy herausplatzte. „Ich wette, die haben schon öfter geerbt. Da kriegt Markus einiges zu tun."

Nachdem Henriette eine Abschrift des letzten Willens von Frau von Ambesser und einige Handschriftproben von ihr organisiert hatte und Stella ebenso wie Claire aus ihrem Bekanntenkreis drei unsichere Testamente mitbrachten, hatte Markus tatsächlich eine Menge zu tun. Und da er sehr gründlich war, mussten sich Sophie und Laura eben gedulden.
Bis zum nächsten Treffen der Krimifrauen war aber klar, dass die Testamente, bis auf eines, gefälscht waren.
„Wir vermuten, dass dieses echte Testament der Auslöser war", berichtete Laura.

„Ein Bewohner des Senioren-Domizils hat Walid Krause mit 2.000 Euro bedacht. Das war vor drei Jahren. Das Erbe ging aber an die Tochter.“

„Du meinst, das hat sie auf die Idee gebracht, dass erben schneller reich macht, als arbeiten?“ Emilia lächelte, so als hätte sie schon den Serientäter für ihren neuen Krimi gefunden.

Laura nickte. „Ich könnte es mir vorstellen, allerdings wissen wir das Wichtigste noch nicht, nämlich wer der Fälscher ist.

Die glücklichen Erben arbeiten alle in Bereichen, die für sie nützlich sind und das Schlimmste befürchten lassen.“

„Wer im Altenheim arbeitet, hat ja schon mal freie Wahl und weiß eine ganze Menge über die Bewohner“, stellte Antonia fest.

„Farid ist Apotheker, seine Schwester Nesrin Rechtsanwalts-und Notarfachangestellte und ihr Freund ist Bestatter“, setzte Laura fort.

„Mich gruselt es, bei dieser Aufzählung.“ Stella schüttelte sich.

„Das hört sich an wie ein kriminelles Netzwerk, so wie man es aus Romanen kennt. Einschließlich der Möglichkeit, jemanden sehr schnell mit Gift dahin scheiden zu lassen.“

„Und dann kann man es nicht mal nachweisen, weil das Opfer schon verbrannt wurde.“ Antonia war sichtlich empört. „Du sagst das geht möglicherweise schon seit drei Jahren so, das muss doch auffallen.“

Luisa nickte ihr zu. „Du hast recht, aber solange niemand der veränderten Erbbestimmung widerspricht, wird auch niemand auf die Häufung aufmerksam."

„Aber wer macht das schon?" Claire hatte diese Frage auch an ihre Bekannte weiter gegeben. „Welcher Erbe beschwert sich denn, wenn er 5.000 bekommt, obwohl ihm jahrelang 50.000 versprochen wurden? Man will ja nicht gierig erscheinen."

Laura nickte verstehend. „Und genau darauf bauen diese Gauner! Obwohl ich mich auch über diese Häufungen wundere. Wenn die so eine Aktion einmal im Jahr durchziehen, würde das keiner bemerken. Aber jetzt haben wir in relativ kurzer Zeit fünf gefälschte Testamente und das nur hier in der Südstadt. Entweder brauchen sie dringend Geld oder die Bedingungen, unter denen ihre Erbschleicherei funktioniert, ändern sich."

Luisa machte sich einen Vermerk, denn sie hatte schon eine Idee, wo sie das überprüfen könnte.

Mit Blick auf die Uhr fasste Laura noch einmal zusammen.

„Diesen Gedanke sollten wir weiter verfolgen, vermutlich gibt es auch andere Beteiligte, über die wir noch nichts wissen. Wir werden also die glücklichen Erben observieren. Mit wem treffen sie sich nach Feierabend, wo gäbe es Möglichkeiten, an die Testamente zu gelangen und zu welchen Leuten halten sie Kontakt?

Wir beginnen morgen und da uns die *Kleinen Detektive* wieder helfen, gehen wir als Oma-Enkel-Kombination.

Es beginnen Christiane und Betty, dann Luisa und Ben, dann

Stella und Noddy. Ich kann am Sonntag leider nicht, Claire, könntest du für mich übernehmen?“
„Mit Sporty? Liebend gerne“, lachte Claire. „Aber dann brauche ich sicher mein Fahrrad.“
„Danach Emilia und Fritzi. Ob wir dann noch weiter machen, entscheiden wir operativ.“
„Sollen wir nur beobachten oder dürfen wir auch ein wenig tratschen?“ Claire wollte auf keinen Fall Fehler machen und brauchte eine Rückversicherung.
Laura lächelte. „Seid einfach wie immer, nette, alte Schachteln. Denn das können wir am besten.“

Am Abend als Laura Bericht erstattet hatte und sie mit Sophie und Felix gemütlich im Garten saß, kam Luisa mit Luke im Schlepptau, der eine große Flasche Sekt im Arm hatte.
„Ich gebe einen aus, weil ich die klügste Frau der Welt habe.“
„Das wussten wir schon“, lachte Laura. „Schließlich hat sie dich genommen.“
Auch Luisas Lächeln fiel gelöster aus, als sonst. „Das meint er so nicht. Ich habe ständig darüber nachgegrübelt, wieso diese Namenshäufung keinem aufgefallen ist, schließlich müssen doch Erbscheine ausgestellt werden. Und als du heute angedeutet hast, dass sie sich vermutlich beeilen, habe ich ein paar alte Kontakte angezapft.“

„Du meinst wirklich das Epizentrum könnte im Amtsgericht sein?“ Sophie war erschüttert, als Luisa nickte.
„Der Leiter des Nachlassgerichtes ist herzkrank und fällt oft aus. Das ist aber schon länger so. Jetzt hat man einen Nachfolger gefunden, der im nächsten Monat sein Amt antreten wird. Und dann dürften die goldenen Zeiten für die glücklichen Erben erst mal vorbei sein.“
„Glaubst du, dass es an dem Laissez-faire-Stil in dem Bereich lag oder vermutest du den Fälscher direkt dort?“
Sophie beugte sich interessiert vor, aber Luisa schlug nur entsetzt die Hände zusammen. „Bloß nicht, das wäre ein Riesenskandal! Das kann und will ich mir nicht vorstellen.“

Nachdem die Observierungen begonnen hatten, wurde wieder einmal klar, dass Beobachtung und Wahrnehmung oft auch gleichbedeutend mit Langeweile ist.
Weder am Donnerstag, am Freitag, noch am Samstag war irgendetwas Außergewöhnliches geschehen. Die glücklichen Erben gingen oder fuhren zur Arbeit und wieder nach Hause.
Am Sonntag erwarteten Claire und Sporty auch keine gravierenden Veränderungen. Aber da Claire Probleme mit ihrem Fahrrad hatte, kamen sie fast zu spät.
Sie sahen Walid Krause nur noch in einem Haus am Ende der Straße verschwinden. Nachdem sie das Klingelschild ausgiebig studiert

hatten und der Name Krause nicht vermerkt war, fiel Sporty ein anderer Name auf.
Gerade als er klingeln wollte, öffnete sich die Haustür und sein Freund Oleg erschien, äußerst schlecht gelaunt.
Sein Gesicht hellte sich erst auf, als er Sporty sah und ihn mit Ghettofaust begrüßte.
Sporty wandte sich an Claire. „Das ist Oleg, wir sind in der gleichen Trainingsgruppe im Radsportverein. Und das ist meine Oma Claire von den Krimifrauen. Wir überprüfen hier was."
„Da solltet ihr mal diese unmögliche Familie Krause überprüfen, die wohnen genau über uns. Die feiern jeden Sonntag bis spät in die Nacht. Meine Matka kriegt schon Migräne, wenn nur der Name Krause fällt."
Claire, die die Chance sah, doch noch mehr zu erfahren, lud die beiden zu einem Eis in das Café auf der anderen Straßenseite ein.
Sporty hatte sofort verstanden, worum es seiner „Oma" ging, und forschte weiter nach. „Auf eurem Klingelschild steht doch gar kein Krause."
„Nicht mehr", berichtigte Oleg, „die Frau hat inzwischen geheiratet und heißt jetzt Scharper, aber die Kinder heißen alle Krause."
„Haben sich deine Eltern denn nicht beschwert, wenn diese Leute so viel Krach machen?"
Oleg sah Claire so nachsichtig an, als sei sie eine Großmutter mit verlangsamtem Denkvermögen. „Lady, wir sind Einwanderer und

diese Frau arbeitet bei Gericht. Wie sollen wir uns da beschweren?“

Claire und Sporty sahen sich total überrascht an und beiden war sofort klar: Diese Information musste auf schnellstem Weg zu Sophie gelangen.

Während Felix mit den Zwillingen im Garten „Fußball“ spielte, grübelte Sophie gerade über einige der angeforderten Informationen, die am Vormittag eingegangen waren.

Walid Krause war wirklich ein ausgebildeter Altenpfleger. Farid dagegen, hatte zwar an der Universität ein Pharmakologie-Studium begonnen, es aber nie beendet. Wie konnte er dann eine Apotheke leiten? Ähnlich lag der Fall bei Nesrin. Und dennoch hatte sie bereits bei drei anerkannten großen Anwaltskanzleien gearbeitet.

Sophie schüttelte unmutig den Kopf.

Was für eine sonderbare Familie! Wer davon war der Fälscher, der auch noch die besten Beziehungen hatte? Sollte wirklich die Mutter die Clan-Chefin sein? So langsam konnte sie sich auch das vorstellen.

Sie schaute wieder in den Garten und das, was sie sah, ließ sie lächeln. Die Zwillinge und ihr Mann waren vom Fußball abgekommen und krochen eher um die Wette, wobei die Babies entschieden aktiver und schneller waren.

Auf der anderen Seite des Gartens deckte Oma Laura schon den Tisch für den Geburtstagskaffee mit Markus, der heute 74 wurde.

Sie schaute zur Uhr, könnte sie sie noch etwas zu überprüfen? Aber dann sah sie die Fahrradstreife und rannte sofort nach unten. Sporty und Claire hatten ihre Räder auf den Rasen fallen lassen und stürmten zu Oma Laura.

„Wir haben sie, wir wissen alles!“

Luisa und Luke, die gerade mit ihrem Geburtstagsgeschenk aus dem Nachbargarten kamen, hielten überrascht inne. „Wen habt ihr?“

Claire erklärte noch ein wenig atemlos, schließlich hatte sie sich große Mühe gegeben, von Sporty nicht abgehängt zu werden.

„Es geht um den wichtigsten Kontakt der glücklichen Erben. Jeden Sonntag treffen sie sich bei ihrer Mutter und feiern bis in die Puppen.“

„Und die Mutter heißt Miranda Scharper, aber vorher Krause“, setzte Sporty gewichtig fort. Sein Atem ging ruhig, schließlich hatte er Rücksicht auf Claire genommen.

Trotzdem ließ er sich noch einen Moment Zeit, um den Effekt zu erhöhen, ehe er erklärte. „Und sie arbeitet beim Gericht, sagt mein Kumpel Oleg, der wohnt im gleichen Haus.“

Luisa hatte sich bei dem bekannten Vornamen erschüttert ans Herz gefasst, aber was sie dann hörte, verschlug ihr zunächst die Sprache.

Sophie umarmte die beiden begeistert, fragte aber sicherheitshalber nach. „Ihr habt aber dort nicht verlauten lassen, worum es geht?“

Claire und Sporty sahen sich kurz an, dann drehte er sich lässig um und schüttelte tadelnd den Kopf. „Sehen wir aus wie Anfänger? Aber ich muss jetzt gehen, meine Matka hat auch Kuchen gebacken, da muss ich schnell sein."

Erst als sich Claire zu den anderen gesellt hatte, fiel das bedrückte Gesicht von Luisa auf.

„Was hast du denn?" Laura betrachtete sie besorgt. „Wir haben doch einen Riesenfortschritt gemacht."

Luisa schüttelte frustriert den Kopf. „Kein Riesenfortschritt, das wird eher ein Riesenskandal! Ich habe dir doch von dieser jungen Fälscherin erzählt, sie hieß Miranda Krause. Also ist sie auch die Urheberin bei unseren Fällen, aber es kommt noch schlimmer.

Als ich im Amt nachgeforscht hatte und mir der Vorgesetzte erzählte, dass der Leiter schon lange krank sei, hat er die Bürochefin in den Himmel gelobt, die dafür sorgt, dass alles ohne Schwierigkeiten abläuft, die gute Frau Scharper."

„Damit ist auch klar, wie sie an die Testamente kommen konnte", stellte Laura kopfschüttelnd fest. „Wer sicher gehen will, hinterlegt sein Testament beim Nachlassgericht. Das war für die Frau der reinste Selbstbedienungsladen."

„Und den Rest hat die Tochter bei den Anwälten mitgehen lassen. Das Ganze ist ab jetzt für uns eine Nummer zu groß", entschied Sophie und sah ihren Mann an. „Sprichst du mit Knut oder einem anderen vom Betrugsdezernat? Wenn ich mit Frau Herz förmlich

Anzeige erstatte, dauert das viel zu lange."
„Ich schätze, der wartet schon auf meinen Anruf", grinste Felix. Und auf Sophies fragenden Blick ergänzte er. „Knut ist doch mit der Schwester von Stella zusammen und die konnte bestimmt den Mund nicht halten."
Luisa hatte die ganze Zeit mit sich gerungen, dann sah sie Luke von der Seite an. „Ich werde den zuständigen Staatsanwalt anrufen, sonst mache ich mir ewig Vorwürfe. Das Fälschernest muss so schnell wie möglich ausgehoben werden."
Luke nickte ihr zu. „Mach es gleich und wenn du zurück kommst, dann können wir richtig feiern."

„Ich wäre gerne dabei gewesen", erzählte Laura am folgenden Mittwoch im *Café Schokohimmel,* den neugierigen Zuhörerinnen. „Die ganze Familie war bis zum Stehkragen voll und fing schon bei der Festnahme an, sich gegenseitig zu beschuldigen. Ich bin überzeugt, dass noch einige Testamente und einige Todesfälle überprüft werden müssen, aber sicher ist, dass nun das Museum, das Tierheim, das Mädchen, das studieren möchte und auch die anderen, ihre verdienten Zuwendungen erhalten.
Frau Herz, die Sophie beauftragt hatte, lässt euch allen herzlich danken und möchte symbolisch mit euch allen anstoßen."
Bei diesem Stichwort erschien, wie immer bei einer Siegesfeier der Krimifrauen, Letty mit einem großen Tablett mit Sektgläsern.

Nachdem alle angestoßen und getrunken hatten, stichelte Stella.
„Es gab auch schon Fälle, bei denen wir zum Schluss Rosen bekamen."
Laura lächelte noch etwas verlegen, während sie Stella irritiert ansah, als sie hinter sich eine bekannte Stimme vernahm.
„Dann sollten wir auch nicht von diesen Traditionen abweichen."
Überrascht sah sie sich um. Sollte das der bärbeißige Knut sein, der den Frauen über das ganze Gesicht strahlend, Rosen in zartem Lachsrosa überreichte?
Danach verbeugte er sich galant und salutierte vor Laura.
„Chapeau, meine Damen, dieser Fall wurde von den Krimifrauen exzellent gelöst. Wenn ich könnte, würde ich Sie alle einstellen. Aber wie ich das sehe, sind Sie sowieso unbezahlbar!"

## St. Patricks Day am Obersee

Die alles lähmende Hitze war abgeklungen und der August gab sich die größte Mühe, wunderbares Spätsommerwetter zu zaubern. Laura und ihre Freundin Luisa waren wieder einmal auf dem Weg zum alten Bahnhof. Jeden Mittwoch trafen sich dort die sieben Krimifrauen, die nach den erfolgreichen Fällen im vergangenen Monat, sicher schon wieder auf etwas Aufregendes, Neues, warteten.

Aber leider gab es keinen neuen Auftrag, dachte Laura betrübt. Und auch Sophie, ihre Enkelin, die als Privatdetektivin arbeitete, hatte zurzeit keinen Bedarf für die besonderen Fähigkeiten der Krimifrauen. Also würde es heute bei einer Buchempfehlung bleiben, überlegte sie. Natürlich lasen sie gerne ihre Cosy-Kriminalromane, die das logische Denken schulten, Spaß machten und immer garantierten, dass die Schuldigen zum Schluss bestraft wurden, aber noch lieber sorgten die Frauen selbst für Gerechtigkeit.

Im *Café Schokohimmel* wurden sie schon erwartet. Stella, die Witwe eines bekannten Malers und Antonia, die als Krankenschwester gearbeitet hatte, saßen schon am Stammtisch der Krimifrauen und diskutierten eingehend, während Claire und Emilia noch am Kuchenbufett auswählten und Christiane, die ehemalige Lehrerin,

herein hastete, um nicht die letzte zu sein.
Als alle ihren Kuchen genossen hatten und neugierig zu Laura blickten, hob die beschwichtigend die Hände.
„Wir hatten im letzten Monat zwei aufregende Fälle, bei denen wir unsere Talente beweisen konnten und sehr erfolgreich waren, aber zurzeit liegt nichts Neues an. Wir könnten uns daher mal wieder einem Klassiker der Kriminalliteratur zuwenden: *Eine verhängnisvolle Erbschaft* von Wilkie Collins."
Einige Frauen kicherten und auch Luisa, die früher beim Kammergericht war, konnte wieder lachen „Eigentlich kann ich das Wort Erbschaft nicht mehr hören, seit dem Skandal mit Miranda Krause. Die Prozessvorbereitungen ziehen sich immer noch hin, so viel muss da geprüft werden. Aber Wilkie Collins finde ich gut. Bisher habe ich nur den *Mondstein* gelesen."
„Und *Die Dame in Weiß,* ist das nicht auch von ihm?" Christiane war sich nicht ganz sicher, obwohl sie sehr viel las oder gerade deswegen.
„Ja, natürlich", bestätigte Laura, „also nehmen wir uns diesen Roman vor oder gibt es noch etwas Aktuelles?"
Als sie fragend in die Runde sah, meldete sich Antonia. „Ich habe schon mit einigen gesprochen, wollte aber abwarten, wie unser Zeitplan aussieht. Da wir keinen dringenden Fall haben, möchte ich euch etwas vorschlagen: Mein Achim wohnt doch in diesem tollen Senioren-Projekt in der Nähe des Obersees. Dort gibt es einen

*Treffpunkt für Junggebliebene*, den die *Silver Girls* organisieren. Vielleicht habt ihr schon davon gehört?"
„Ich war schon da", rief Claire, die früher ein Reisebüro hatte, ganz begeistert. „Da gab es einen Vortrag, wie Frauen im Rentenalter zu einem dauerhaften Geldregen kommen können. Das kann ich nur empfehlen."
Antonia nickte. „Die machen auch noch andere Sachen. Nächsten Samstag ist dort wieder 50-er-Jahre-Party und mein Achim sagt, da wackelt die Wand. Sollten wir uns das nicht auch mal ansehen?"
„Eine 50-er-Jahre-Party? Was zieht man denn da an?" Stella beugte sich interessiert zu Antonia. „Und falls ich alleine mitkomme, gibt es da überhaupt genügend Tänzer?"
Christiane, die das Ganze von Anfang an misstrauisch betrachtet hatte, mischte sich ein, bevor Antonia antworten konnte. „Wieso anziehen? Das ist doch kein Maskenball, oder? Wenn ja, bin ich raus."
Antonia lachte vergnügt. „Natürlich ist es kein Maskenball, aber die meisten Leute haben Spaß daran, Sachen zu tragen, die in den 50-er Jahren modern waren. Und Tänzer gibt es jede Menge, denn in diesem Senioren-Projekt leben nur Alleinstehende."
Laura war auch sehr interessiert und hatte gerade überlegt, wie viel sie noch über die Mode dieser Zeit wusste.
„Du meinst wirklich Neckholder-Kleider mit weit schwingenden

Röcken und Petticoats? Connie Francis, meine Lieblingssängerin, trug immer sowas. Als Kind fand ich das toll.“
Luisa schien auch Feuer zu fangen. „Und woher kriegt man solche Klamotten? Luke und ich wären sofort dabei. Er gibt immer an, er habe schon Jive getanzt, als das noch Boogie-Woogie hieß.“
„Ich auch!“ Emilia, die frühere Psychologie-Dozentin, jubelte fast bei dieser Aussicht, so dass die anderen sie überrascht ansahen. „Schaut nicht so! Ich habe sogar in einer Formation Boogie-Woogie getanzt und bestimmt noch mehr als einen Petticoat im Schrank. Ich komme auf jeden Fall mit meiner gesamten WG.“
„Wegen der Kleidung habe ich mich schon umgehört.“ Antonia war gut vorbereitet. „Es gibt einen Kostümverleih für solche Spezialitäten, Ich schicke euch die Adresse aufs Handy. Da kann sich dann jeder eindecken.“
„Auf mich müsst ihr leider auch verzichten.“ Claire lächelte bedauernd. „Ich habe Klassentreffen am Wochenende, sonst wäre ich gerne mitgekommen. Ich weiß wirklich nicht, wann ich das letzte Mal richtig getanzt habe. Seniorentanznachmittage zähle ich nicht, da sind einfach zu viel alte Leute.“
Als die anderen lachten, setzte sie etwas verlegen nach. „Ach, ihr wisst schon, wie ich das meine. Da sind solche, die wirklich richtig alt sind und nur von ihren Krankheiten reden.“
„Obwohl ich auch manchmal jammern könnte, dass meine Beine nicht mehr so wollen wie ich“, erklärte Stella zunächst ganz

ernsthaft, um dann mit einem Lächeln fortzusetzen.
„Aber wenn sie hören, dass getanzt wird, sind sie so fit wie früher."
„Also wir sehen uns am Samstag. Ich bin schon sehr gespannt."
Damit verabschiedete Laura die Runde.

Am Samstag schwebten die Krimifrauen, nach eingehender Modenschau und gegenseitiger Beratung, im perfekten Fifties-Look in den großen Saal im *Treffpunkt für Junggebliebene*.
Laura und Luisa trugen stilechte Neckholder-Kleider in silberblau und hellgrün mit weißen Punkten und schwingenden, weißen Petticoats. Wer mehr bewundert wurde, ließ sich schwer sagen, denn auch Markus und Lukas hatten sich sehr bemüht, dem Filmhelden der 50-er, James Dean, zu gleichen, trugen allerdings die Jeans mit ziemlich breiten, roten Hosenträgern.
Antonia, die am Arm von Achim schon erwartungsvoll strahlte, hatte einen schwarzen Glockenrock und eine leuchtend rote Carmen-Bluse gewählt, die sehr gut zu ihren weißen Haaren passte.
Stellas rote Mähne war zu einem Pferdeschwanz gebunden und sie trug zum gelben Tupfenkleid ein pfiffiges Nickituch in grün.
Aber die größte Überraschung war die sonst immer korrekt gekleidete Emilia, die an diesem Abend genau wie ihre Freundin, ein fast frivoles rubinrotes Turniertanzkleid mit üppigem Dekolleté und geschnürter Taille trug und von einem weißhaarigen Mann im Dandy-Look begleitet wurde.

Erwartungsvoll saßen die Krimifrauen auf ihren Plätzen, als eine Frau mit blonden Haaren, die Ellen hieß, alle herzlich begrüßte und aufforderte Musikwünsche abzugeben. Laura und Luisa sahen sich bedeutungsvoll an. Das schien doch eigentlich genauso, wie bei anderen Veranstaltungen zu sein. Keine Anzeichen für eine Wand, die wackelte. Was dann allerdings geschah, damit hatte keine von ihnen gerechnet.

Beim ersten Ton von Bill Haleys *Rock around the glock* stürzten Massen auf die Tanzfläche, die ungeachtet ihres hohen Alters, die wildesten Tanzschritte vollführten und einfach Spaß hatten.

Diese spürbare Freude riss auch die Krimifrauen und ihre Begleiter mit, obwohl Emilia und Stella, ganz eindeutig die am meisten umschwärmten Stars auf der Tanzfläche waren.

„Ich weiß nicht, wann ich das letzte Mal so viel Spaß hatte. Mir tun zwar die Füße weh, aber ich kann nicht aufhören."

Luisa ließ sich lachend neben Laura auf den Stuhl fallen und lauschte, dankbar für die kurze Pause, der Gesangseinlage der *Silver Girls.*

Die begannen mit *Blueberry Hills* und *Vaya con dios*, um zum Schluss *Wir wollen niemals auseinandergehen* gemeinsam mit dem Saal zu singen.

Danach wurde die Musik etwas ruhiger und es wurden mehr *Schleicher* getanzt, wie Stella freudig feststellte, die bereits einige der anwesenden Herren als vielversprechend eingestuft hatte.

Als nach zwei Stunden die ersten Gäste bereits erschöpft die Party verließen und zur Stärkung Spezialitäten der Fifties, wie Toast Hawaii, angekündigt wurden, kehrte auch im Saal mehr Ruhe ein. Während sich Markus in die Schlange für die Snacks einreihte, setzte sich Ellen zu Laura an den Tisch.

„Ihr seid doch die Krimifrauen vom alten Bahnhof? Achim schwärmt ja regelrecht von euch, vor allem, wie viele Fälle ihr schon aufgeklärt habt. Wir haben auch ein Problem. Kann ich es dir kurz erklären?"

Laura, die sich ob ihres Bekanntheitsgrades doch etwas geschmeichelt fühlte, nickte nur. „Wo brennt's denn?"

„Kein Feuer", lachte Ellen. „Es geht um das Wasser, das Wasser des Obersees. Am letzten Sonntag war der gesamte See grün, grasgrün. Wir haben keine Ahnung wieso oder wodurch. Wir wissen auch nicht, ob das gefährlich für uns Menschen oder die Umwelt ist."

Laura sah sie zweifelnd an. „Ist das nicht eher ein Fall für das Umweltamt?"

Ellen winkte ab. „Die haben wir informiert, sie haben im Moment keine Testkapazitäten, um sich darum zu kümmern. Ich hätte das garantiert nicht akzeptiert, aber ich denke mittlerweile, dass es um etwas anderes geht. Diese sonderbare Ankündigung lag gestern in unserem Briefkasten.

*Sie alle tragen Schuld daran, dass eine Umweltkatastrophe un-*

*geahnten Ausmaßes auf uns zukommt. Sie alle müssen deswegen Buße tun. Solange das Wasser nur grün ist, besteht für Sie noch eine Chance, aber es könnte Ihre letzte sein. Denn wenn das Wasser rot wird, ist Ihre Zeit abgelaufen und Sie alle werden sterben!*
„Das klingt wie ein Spinner.“ Laura warf einen Blick auf das auffällig gestaltete Blatt und runzelte die Stirn. „Allerdings könnte es auch ein Fanatiker sein, der ernst macht. Ich werde das mit den anderen beraten. Dann melde ich mich bei dir.“
„Danke.“ Ellen lächelte erleichtert. „Dafür hast du bei mir jetzt zwei Musikwünsche frei.“
„Super“, lachte Laura. „*Moonlight*, damit ich mit meinem Schatz auch schleichen kann und dann noch *Paradiso* von Connie Francis, die fand ich als Kind so toll.“

Am folgenden Mittwoch schwelgten die Krimifrauen bei ihrem Treffen immer noch in Erinnerungen an die Party.
„Es war so eine Superstimmung den ganzen Abend“ schwärmte Emilia. „Und dann dieser Auftritt. Die *Silver Girls* haben einfach fantastisch gesungen und sahen mit den Kleidern in Blaugrün und Silber auch toll aus.“
„Und vor allem schlank“, stöhnte Antonia. „Ich schätze, die sind auch etwas jünger als wir.“
„Das glaube ich nicht“, grinste Stella. „Sie sind höchstens besser konserviert. Sie haben eine Kosmetikerin an der Hand, die regel-

mäßig kommt und auch Vorträge hält. Das hat mir Annie erzählt, das ist die mit der gleichen Haarfarbe."

„„Ich fand den Abend auch toll und hätte nichts gegen eine Wiederholung", schmunzelte Laura. „Aber die *Silver Girls* haben ein Problem, bei dem sie unsere Hilfe brauchen. Ich habe euch das Flugblatt kopiert, das in ihrem Briefkasten lag. Luisa und ich waren am Sonntag da und haben die Ankündigung überprüft. Der See war wirklich richtig grün."

„Wir haben auch eine Wasserprobe entnommen, aber Luke ist im Moment verreist, deswegen haben wir noch keine Analyse", setzte Luisa fort.

„Hat jemand eine Vorstellung, wodurch das Wasser eines Sees grün werden kann?" Laura sah in die Runde und Christiane hob die Karte WIE hoch und antwortete als erste, obwohl Claire schon mit den Fingern schnipste.

„Soweit ich weiß, können wir dort die üblichen Quellen der Wasserverschmutzung ausschließen. Es gibt am See weder Landwirtschaft mit Dünger oder Pestiziden und auch keine Industrie, die Öle, Säuren oder Schwermetalle verwendet."

„Dort ist doch schon ewig ein Naturschutzgebiet gewesen, das schließt auch Deponien oder kontaminierte Böden aus. Könnte es durch den sauren Regen passiert sein?" Antonia schüttelte den Kopf und beantwortete ihre Frage gleich selbst. „Natürlich nicht,

dann wäre es doch nicht genau am Sonntag."
Emilia brachte eine neue Richtung in die Diskussion. „Für mich sieht das so aus, als habe jemand das Wasser absichtlich gefärbt. Aber geht das denn überhaupt?"
„Natürlich!" Claire schnipste wieder mit den Fingern, weil sie das Ganze schon viel früher hätte aufklären können. „Bis vor kurzem hat man jedes Jahr in Chicago am 16.März, den Fluss zu Ehren von St. Patrick, grün gefärbt."
„Und womit?" Laura beugte sich gespannt vor.
Claire, die sich freute, dass ihr die anderen auch einmal an den Lippen hingen, erklärte gelassen. „Es gibt einen Stoff, der Uranin heißt, das ist ein Natriumsalz von Fluoreszin. Die Substanz ist weitgehend ungefährlich und wird meist zu dekorativen oder zu Prüfzwecken eingesetzt."
Laura lehnte sich zufrieden zurück. Dieser Fall lief wirklich gut an. „Wenn die Analyse das bestätigt, hätten wir die Frage WIE bereits geklärt. Da das aber jemand absichtlich macht, um den Effekt zu nutzen, bleibt die Frage: WER macht das und zu welchem Zweck?"
„Ganz offensichtlich ist das doch der Schreiber von diesem Pamphlet", rief Stella.
„Aber wer das ist, weiß bis jetzt niemand", setzte Laura fort. „Ellen hat mir erzählt, ihre Männer hätten sich schon auf die Lauer gelegt, aber den Übeltäter nicht erwischt."
„Für mich hört es sich nicht wie ein Umwelt-Fanatiker an, der wür-

de doch das Wasser nicht beeinträchtigen“, stellte Stella ziemlich überzeugend fest.

„Ich glaube, dass es eher die Vorstufe zu einer Erpressung ist“, gab Emilia zu bedenken. „Dafür brauchen wir aber mehr Informationen. Sind zum Beispiel noch andere betroffen oder konzentriert sich das Ganze nur auf den Treffpunkt?“

„Du hast recht“, bestätigte Laura und sah auffordernd in die Runde. „Die Gegend ist auch am Tag ein schönes Fleckchen Erde. Also lasst uns dort ein wenig spazieren gehen und einiges in Erfahrung bringen. Alles Wichtige wie immer sofort an mich.“

Als sie sich am Abend mit Sophie, ihrer Enkelin und Privatdetektivin beriet, ergab sich noch nichts Neues.

Aber schon am nächsten Tag trafen zahlreiche Informationen ein, die zeigten, dass viele Anlieger um den Obersee betroffen waren, egal ob sie eine Firma besaßen oder nicht. Mittlerweile hatte auch die Analyse von Lukas bestätigt, dass es sich um das bewusste Uranin handelte. Nur die Hintergründe blieben immer noch unklar. Inzwischen kam sich Laura schon fast vor, wie ein Naturpark-Ranger, so oft hatte sie den See umrundet, aber bisher nichts Verdächtiges festgestellt. So langsam machte sie sich Gedanken, denn auf keinen Fall wollte sie sich vor den *Silver Girls* blamieren.

Auch am frühen Freitagmorgen bahnte sie sich wieder ihren Weg quer durch das Gebüsch, das noch feucht vom nächtlichen Regen war. Die Sonne schien schon, aber die Luft war noch frisch, so dass Laura leicht fröstelte und schneller ging. Unterwegs hatte sie schon Luke getroffen, der mit den Männern vom Treffpunkt auf der Suche nach dem stärksten Zufluss zum See war. Seiner Meinung nach, konnte das Färbemittel nur von dort eingebracht werden, sonst hätte sich der See langsamer gefärbt.

Laura schmunzelte über den Eifer, mit dem sich Lucky Luke in ihre Ermittlungen einbrachte. Offensichtlich hatte er mit Tommy, Peter und Wenzel auch genau die richtigen Partner gefunden.

Mittlerweile hatte Laura den See erreicht und genoss den Anblick und die Ruhe, bis es plötzlich in dem Gebüsch ganz in ihrer Nähe knackte. Ein Vogelschwarm flog auf und auch sie zuckte erschrocken zurück, schob dann aber neugierig die Zweige zur Seite.

Auf einem Sitzstock saß ein Mann, den sie vorher nicht bemerkt hatte und auch nicht deutlich sehen konnte, da er ein ziemlich starkes Fernglas an die Augen hielt.

„Guten Morgen“, grüßte Laura freundlich. „Ich wollte sie nicht stören, Sie beobachten sicher die Vögel?“

„Das sieht man doch“, knurrte der Mann unfreundlich.

Laura kannte solche Typen, die ständig ihre schlechte Laune an anderen ausließen und konnte damit auch passend umgehen oder Kontra geben, aber das eigenartige Gefühl im Nacken, so als ob sich ihre Haare kräuseln würden, ließ sie vorsichtiger werden.

Dieses Gefühl hatte sie immer dann, wenn sie dicht an der Lösung

eines Falles war. Also lächelte sie weiter freundlich und zeigte sich beeindruckt. „Dann sind Sie wohl ein richtiger Ornithologe?“
Jetzt reagierte der Mann etwas zugänglicher. „Ja, Vögel sind meine Leidenschaft und mein Beruf. Ich beobachte sie schon über vierzig Jahre.“
Laura rückte etwas näher.“Und gibt es hier auch aufregende, neue Arten? Meine Nachbarin hat behauptet, sie hätte hier einen Bienenfresser gesehen.“
Der Mann betrachtete sie jetzt mit dem Blick, den Lehrer gerne ihren begriffsstutzigen Schülern zuwerfen. „Gute Frau, ich kenne mindestens 4.000 Vogelarten, aber so einen Vogel gibt es nicht! Da hat man sie mächtig reingelegt.“
Laura himmelte ihn weiter an. „Das habe ich mir schon gedacht. Aber das aus berufenem Munde, direkt von einem Wissenschaftler zu hören, das beruhigt mich ungemein. Ich darf doch ein Selfie mit Ihnen machen? Damit kann ich dann angeben.“
Und ehe der Mann überhaupt reagieren konnte, war Laura nur ein wenig in seine Nähe gekommen, hatte aber sein Gesicht gut fotografiert. Dann schüttelte sie ihm immer noch begeistert die Hand und verschwand hinter dem nächsten Gebüsch, wo sie erst einmal tief einatmete, um ihr jagendes Herz zu beruhigen.
Triumphierend stürzte sie zuhause in Sophies Büro. „Ich glaube, ich habe ihn!“
Sophie schaute auf das überraschend scharfe Foto und das un-

scheinbare Gesicht eines fremden Mannes und zuckte nur irritiert mit den Schultern.

„Diesen Mann habe ich am See getroffen, er behauptet Ornithologe zu sein. Siehst du diesen bunten Vogel, den es seit kurzem auch bei uns gibt.“ Sie zeigte ein zweites Foto auf ihrem Handy. „Dieser Vogel heißt Bienenfresser, aber der sogenannte Vogelkundler sagt, so etwas gäbe es gar nicht. Das ist verdächtig!“

„Alles klar“, beschwichtigte Sophie. „Er ist offensichtlich kein Ornithologe, aber vielleicht hat er dich einfach nur belogen, um anzugeben.“

Sophie zweifelte oft an den schnellen Schlüssen, die Laura zog, aber die war sich ziemlich sicher.

„Können wir nicht trotzdem herausfinden, wer das ist. Ihr könnt doch bestimmt irgendetwas am Computer zaubern.“

Sophie, die gerade bedachte, wie oft Oma Laura auch schon auf der richtigen Spur war, überlegte. „Die Kids haben noch Sommerferien und sind auch nicht in der Stadt. Das geht also nicht. Aber ich könnte das Foto an Feli schicken. Das war es doch, was du eigentlich wolltest, oder?“

Laura lächelte bescheiden. „Natürlich! Ich bin schließlich das Genie von uns beiden, aber nur wenn du mir hilfst.“

Zur Sicherheit schicke sie auch das Foto an Ellen von den *Silver Girls.* Vielleicht hatte er sich ja bereits im Treffpunkt umgesehen, aber die Antwort kam umgehend. „Der Typ ist völlig unbekannt.“

Am Nachmittag als Laura im Garten saß, ihren Kaffee trank und gleichzeitig versuchte, die Zwillinge im Auge zu behalten, die jauchzend auf dem Rasen herumtollten, kamen Luisa und Luke mit Neuigkeiten. „Wir haben den Zufluss gefunden und genau dort hat jemand eine Vorrichtung installiert, mit der eine Farbpatrone über eine Zeitschaltuhr aktiviert wird."

„Aber ihr habt sie nicht entfernt, oder?"

Lukas grinste über Lauras misstrauischen Blick. „Natürlich nicht! Es ist ja nicht auszuschließen, dass er noch mal alles überprüft. Die Uhr ist für Sonntag, 6.00 Uhr, eingestellt, also werden wir sie kurz vorher entfernen. Er hat das auch noch mit einer Rückmeldung gekoppelt und wenn er die nicht erhält, wird er dorthin kommen."

„Und dann erwarten wir ihn! Und zwar alle!"

Laura stellte das klar, auch wenn sie das besorgte Gesicht von Lukas verstehen konnte. „Wir Frauen werden alle da sein, das bespreche ich noch mit den *Silver Girls*, zwei kommen heute noch vorbei. Wenn alle dabei sind, sind wir eine geballte Macht! Eigentlich könnte mir der Kerl schon wieder leid tun.  Und so sieht er aus, falls du ihn früher sehen solltest!"

Triumphierend zeigte sie ihm das Foto. „Sophie und ihre Freundin versuchen gerade mehr über ihn zu finden."

„Laura, du bist echt erstaunlich", lachte Luke, „dass du  nicht bei der Truppe angefangen hast, ist ein echter Verlust für die Polizei!"

Anschließend hatte Laura die Krimifrauen genauestens über den geplanten Treff am See informiert. Und obwohl diese Uhrzeit ausgerechnet an einem Sonntag, doch wirklich sehr früh war, murrte keine der Frauen oder hatte irgendwelche Bedenken.

Aber am Samstag wollte Laura noch einmal einen entspannten Tag genießen. Während sie in der Küche einen Apfelkuchen vorbereitete, warf sie zwischendurch immer wieder einen Blick in den Garten, wo die Zwillinge jauchzend mit Sophie herum tobten.
Nächsten Monat hätten die beiden schon ihren ersten Geburtstag. Laura schüttelte den Kopf. Diese Kinder wuchsen wirklich wie der Wind. Schade dass man die Zeit nicht anhalten oder wenigstens etwas langsamer stellen konnte!
Kurz vor Mittag hupte ein Auto vor dem Gartentor zweimal und eine hochschwangere Feli hastete eilig zu Sophie in den Garten. Sie ließ sich schweratmend in die Hollywood-Schaukel fallen und schob ihr einige ausgedruckte Seiten zu. „Ich bin schon auf dem Weg in die Klinik, aber das wollte ich dir noch persönlich sagen. Seid bloß vorsichtig, der Mann ist gefährlich. Er trägt den Spitznamen der *Entsorger* und wird engagiert, wenn Mieter aus ihren Wohnungen vertrieben werden sollen oder irgendwer ein ganz besonderes Grundstück haben will. Ich habe gehört, dass jemand hier ein Luxus-Golf-Ressort anlegen möchte und er dafür die Baufreiheit sichern soll und zwar mit allen Mitteln. Und jetzt muss ich los.

Drück mir die Daumen, es wird ein Mädchen."
Dann lief sie zum Gartentor, an dem ihr Mann schon mahnend auf die Uhr zeigte. Als Sophie echt besorgt die anderen informierte, übernahm es Luke, die Männer vom Treffpunkt vorzuwarnen. Nach kurzer Zeit kam er wieder lächelnd zurück. „Selbst wenn er bewaffnet wäre, würden wir mit ihm fertig. Tommy hatte früher einen Sicherheitsdienst, Peter war Sportlehrer und Wenzel sogar mal Iron-Man. Und ich bin ja auch nicht ganz ohne! Ihr müsst euch wirklich keine Sorgen machen."

Ähnlich reagierten auch Ellen und Karla von den *Silver Girls,* die gemeinsam mit Laura am Kaffeetisch die Strategie festlegten. „Diese Heuschrecken-Investoren sind wirklich eine Plage. Natürlich ist unser Seeufer besonders schön, aber das sollte es für alle sein und nicht nur für ein paar Luxus-Golfer. Dafür stehe ich gerne am Sonntag früher auf."
„Ich eigentlich nicht", griente Karla, deren Haare ähnlich bläulich schimmerten, wie die von Laura. „Sonntags ausschlafen ist für mich Luxus. Aber für unseren Treffpunkt werden wir kämpfen, wenn es nötig ist. Also werden wir auch alle pünktlich da sein. Nur ein Kater, ein Kreislaufkollaps oder morgendlicher Spontan-Sex gelten als Entschuldigung, na ja, das streichen wir besser!"
Laura machte zwar große Augen, lächelte aber dann zufrieden. „Drücken wir uns sämtliche Daumen, aber ich bin sicher, dass

wir das vereint schaffen werden."

Nach einer unruhigen Nacht trafen sich sieben Krimifrauen, fünf *Silver Girls* und ihr männlicher Begleitschutz im Morgengrauen am See, direkt an der Stelle des stärksten Zuflusses.

Mit wenigen Handgriffen hatten Tommy und Luke die Vorrichtung entfernt und nun warteten alle gespannt auf eine Reaktion des *Entsorgers.*

Laura und Luisa, die fast in dem gleichen Gebüsch hockten, in dem der Mann auf dem Sitzstock gesessen hatte, konnten den Pfad zum See am besten einsehen. Aber da tat sich nichts!

Nachdem sie anfangs ganz ruhig waren und fast den Atem angehalten hatten, hätten sie sich jetzt gerne wieder etwas bewegt.

„Ich glaube, mein Bein ist eingeschlafen", flüsterte Luisa. „Ich muss aufstehen, das kribbelt so."

„Aber mach schnell, ich behalte den Pfad im Auge", raunte Laura.

Als es dann neben ihr knackte, dachte sie zuerst, das sei Luisa, aber irgendetwas warnte sie.

Also sprang sie auf, zog Luisa am Arm mit hoch und schrie laut *„Attacke!"* Dann stürzte sie sich zusammen mit ihrer Freundin auf den Körper, der neben ihnen durch das Unterholz robbte. Das war auch das verabredete Signal für die anderen Frauen, die sich sofort in das Kampfgetümmel warfen, während die Männer völlig verdattert daneben standen.

Irgendwann griff Tommy ein und zog den Mann hoch, der bereits

aus der Nase blutete, Kratzspuren im Gesicht hatte, und dessen rechtes Auge auch schon angeschwollen war. „Lasst ihn ganz! Wir müssen erst noch mit ihm reden.“
Der Mann schien nicht dankbar für sein Eingreifen, sondern fauchte ihn an. „Was wollen Sie denn von mir, wieso hetzen Sie diese Furien auf mich?“
Bei dem Wort Furien gab es sofort empörte Rufe unter den Frauen und einige hätten sich am liebsten noch einmal auf den Mann gestürzt, aber Tommy hob die Hand.
Dann griff er in seine Tasche, während Peter und Wenzel den Mann festhielten, und tropfte ihm seelenruhig aus einer Patrone grüne Farbe auf die Hände, bis die wie von einem Frosch aussahen. Er grinste. „Die Farbe ist wasserfest, Kumpel und bleibt mindestens einen Monat. Aber du stehst ja auf grün.“
Während der Mann noch entsetzt auf seine grünen Finger starrte, hatte Vera von den *Silver Girls* zahlreiche Fotos von ihm gemacht, die sie von Ellen begutachten ließ.
„Wir wissen alles über deine Aufträge, mein Freund“, wandte sich Tommy wieder an den Unbekannten. „Wir kennen nicht deine zahlreichen Namen, aber wir wissen, dass man dich den *Entsorger* nennt. Und jetzt solltest du dich, möglichst schnell, selbst entsorgen und endgültig von hier verschwinden.
Fall du das nicht erwägen solltest, gibt es zwei Möglichkeiten. Entweder rufen wir jetzt die Polizei und du wirst wegen Gewässer-

verunreinigung belangt. Das bedeutet nach § 324 eine fette Geldstrafe oder da es Absicht war, eine Freiheitsstrafe bis zu 5 Jahren."
Als der Mann nur überheblich grinste, setzte Tommy fort.
„Das war nur die sanfte Variante. Bei der zweiten Möglichkeit setzen wir diese Fotos von dir in jede Zeitung und auf jede Internetseite und erklären allen, die hier leben:
Dieser Mann hat euren See grün gefärbt, weil er Angst und Unruhe schüren will, um leichter an eure Häuser und eure Grundstücke zu kommen. Nur damit seine Auftraggeber ein Luxus-Golf-Ressort errichten können!"
Jetzt entgleisten dem Mann doch sämtliche Gesichtszüge, dennoch blieb er stur und gab immer noch keine Antwort.
Luke, der die ängstlichen Seitenblicke des Mannes bemerkt hatte, klopfte Tommy auf die Schulter. „Der Mann ist unbelehrbar. Komm, wir ziehen uns zurück und überlassen ihn den Frauen."
Sofort hob der beide Hände. „Schon gut, ich verschwinde, man kann nicht immer gewinnen."
Trotz seines derangierten Zustandes und der immer noch blutenden Nase, war er erstaunlich schnell verschwunden.
„Wir haben gesiegt!"
Laura riss die Arme nach oben und die Frauen klatschten sich ab oder umarmten sich und auch die Männer stürmisch. Alle redeten durcheinander, bis die rothaarige Annie, einen Vorschlag machte, den alle gerne annahmen.

„Ich weiß nicht, wie es euch geht, aber mir ist jetzt nach feiern. Wir haben zwar keinen Brunch im Treffpunkt, aber genügend Vorräte, aus denen wir etwas zaubern können, wenn jeder ein wenig mithilft."

Und so begann eine etwas andere Siegesfeier der Krimifrauen mit den *Silver Girls,* an die sie auch später noch gerne zurückdachten. Das Abenteuer wurde noch einmal in allen Einzelheiten ausgekostet, wer die entscheidenden Tipps gegeben und wer die besten Treffer erreicht hatte oder wie es Stella nannte. „Alles, womit man vor seinen Enkeln ordentlich angeben kann."

Auf der Dachterrasse über dem Saal wurde bis in den Abend gefeiert, gelacht, gegessen, getanzt und als Ellen ihre Gitarre holte auch gesungen. Alle hatten so viel Spaß und irgendwann fühlten sich die Frauen auch als eine Einheit. Denn als Ellen zum Abschied den Schlachtruf der *Silver Girls* benutzte und laut rief: *See you later, Alligator,* da antworteten auch die Krimifrauen: *In a while, crocodile.*

**Die zauberhafte Schatulle**

Sophie Graf-Brunner ließ fassungslos ihr Handy sinken.
Seit sie den fantastischen Spürsinn für verschollene Kostbarkeiten wieder entdeckt hatte, bekam sie mehr Aufträge als je zuvor und vor allem auch solche, die sehr wertvolle Dinge betrafen.
Gerade hatte sie eine alte Dame überglücklich gemacht, deren Wohnung ausgeraubt worden war. Das meiste an Schmuck vermisste sie kaum oder konnte es problemlos ersetzen.
Aber der Ring, den ihr verstorbener Mann aus Indien mitgebracht hatte, daran hing ihr Herz. Es war nicht so sehr der materielle Wert, obwohl es sich bei dem Stein um einen Carbonado, einen schwarzen Diamanten, handelte.
Für sie war der Ring Erinnerung und Talisman zugleich. Mit verschämten Kichern hatte sie Sophie anvertraut, das sei der gleiche Ring gewesen, wie der, den Mister Big in *Sex and the City,* als Verlobungsring für Carrie Bradshaw ausgewählt hatte und ihr Mann habe genauso gut ausgesehen.
Den glückseligen Blick, mit dem die alte Dame ihren Ring wieder in Besitz genommen hatte, würde Sophie nicht so schnell vergessen.
Aber dieser Auftrag, den sie gerade übernommen hatte, toppte das alles. Oma Laura würde staunen! Sie hob den Kopf und schaute sich suchend um. Normalerweise wuselte ihre Großmutter ständig

durch das Büro. Schließlich erledigte sie die Buchführung der Detektei korrekt und penibel und war mit ihren Krimifrauen auch eine sehr spezielle und einzigartige Hilfe bei den Ermittlungen.
Aber gerade jetzt war sie nicht greifbar.
Da Sophie leichtes Klappern aus der Küche hörte, ging sie dorthin zuerst. Oma Laura strahlte stolz vor den Küchenschränken, deren Türen alle geöffnet waren.
„Ordnung macht wirklich glücklich! Ich musste sowieso umräumen, weil sich Laurie und Leon häufiger an den unteren Fächern bedienen. Seit sie die Schranktüren öffnen können, ist das ihre Lieblingsbeschäftigung. Und jetzt habe ich alles so praktisch eingeräumt, wie diese Japanerin. Und unten steht nur noch Plastik."
„Und dafür hast du den ganzen Vormittag gebraucht?"
Sophie klang etwas ungläubig, aber Oma Laura lächelte nur gelassen. „Das ist das Kreuz mit der Hausarbeit. Wie viel sie wert ist, sieht man immer nur dann, wenn sie nicht gemacht ist."
„Entschuldige Omi, du hast ja recht." Sophie war das natürlich peinlich. „Da bin ich wieder mal voll im Fettnäpfchen gelandet. Wir wissen wirklich zu schätzen, was du hier leistest und ich wüsste echt nicht, wie ich das ohne dich schaffen sollte, gerade jetzt."
Das ließ Laura aufhorchen. „Du hast nach mir gesucht? Gibt es Neuigkeiten?"
Sophie grinste. „Und was für welche, ich habe einen neuen Auftrag. Es geht um die Bewachung eines wertvollen Schmuck-

stücks vor, während und nach einer Spendengala."
„Und für wen sollst du das tun?"
Als Sophie ihr den Namen ins Ohr flüsterte, wurden Lauras Augen immer größer. „Oh, da brauchst du doch bestimmt Hilfe. Ich könnte gleich heute Nachmittag die Truppen in die Spur schicken."

Nachdem alle Einzelheiten abgesprochen waren und Laura sich nach dem anstrengenden Vormittag frisch gemacht hatte, ging sie in ihrem neuen lavendelblauen Kostüm gemeinsam mit ihrer Freundin und Nachbarin Luisa zum alten Bahnhof.
Das Wetter war Anfang September noch voll auf Sommer programmiert und Laura machte es großen Spaß ihr perfekt sitzendes Kostüm in den Schaufensterscheiben bewundern.
Chrissies Laden, wo sie das tolle Stück erworben hatte, war echt ein Segen. Mit ihrer Begeisterung für diese Form des digitalen Einkaufens, hatte sie auch die Frauen angesteckt, zu denen sie gerade unterwegs waren.
Seit der alte Bahnhof zu einem kulturellen Mittelpunkt der Südstadt geworden war, trafen sich dort im *Café Schokohimmel* jeden Mittwoch die sieben Krimifrauen, deren Erfolge bei der Aufklärung solcher Straftaten, die jeden treffen konnten, inzwischen legendär waren. Eigentlich hatte alles damit begonnen, dass sie gerne Krimis lasen und darüber diskutierten, aber nur solche, die ohne literweise Blut auskamen, dafür aber das Gehirn forderten.

Mit jedem gelösten Fall, wuchs aber auch ihre Freude daran, Kriminelle mit dem geduldigen Sammeln von Informationen, mit messerscharfer Logik und einer großen Portion weiblicher Raffinesse, selbst zu überführen.

Im *Café Schokohimmel* wurden die beiden schon erwartet. Da die letzte gemeinsame Aktion noch nicht sehr lange zurücklag, zehrten die Frauen immer noch begeistert von den Erinnerungen an den gemeinsamen Kampf mit den *Silver Girls,* warteten aber dennoch bereits auf etwas Neues, etwas ähnlich Aufregendes.

Stella, die Witwe eines bekannten Malers, saß schon am Stammtisch der Krimifrauen und unterhielt sich angeregt mit Antonia, der ehemaligen Krankenschwester.

Beide beteiligten sich seit kurzem an den Exkursionen einer Gruppe aus dem Seniorenprojekt am Obersee, das sich mit Kunst beschäftigte. Antonia, vor allem um mit ihrem Achim zusammen sein zu können,

Stella, weil sie wirklich kunstinteressiert war, sich aber auch einen neuen Mann an ihrer Seite wünschte, wie Laura, Luisa und Antonia.

Als letzte kamen Christiane, die ehemalige Lehrerin und Claire, die ein Reisebüro geleitet hatte. Beide tippten stolz auf die Uhr, schließlich waren sie im Gegensatz zu sonst, noch pünktlich.

Emilia, die frühere Psychologie-Dozentin, stand noch kurz bei Letty, der Inhaberin des Cafés, bevor sie an ihren Platz eilte.

Nachdem alle ihren Kuchen verzehrt hatten und sich die erwartungsvollen Blicke auf Laura richteten, genoss sie es regelrecht, diesen Erwartungen gerecht zu werden und zu verkünden:
„Mädels, wir haben einen neuen Fall!
Eigentlich sollen wir uns um einen alten Fall kümmern, damit kein neuer entsteht. Aber der Reihe nach! Die Auftraggeberin ist eine bekannte Schauspielerin, ich nenne keine Namen und davon darf auch nichts an die Öffentlichkeit dringen. Ich sage nur soviel, sie hat nicht nur hier große Rollen gespielt, sie hat auch Filme gemacht mit Yul Brunner, Frank Sinatra, Dean Martin, Kirk Douglas und anderen.“
Mit leuchtenden Augen flüsterten die Frauen Namen und nickten sich zu, nur Stella deutete auf ihre rote Mähne und grinste zufrieden, als Laura zustimmend den Kopf senkte.
„Sophie soll den geliehenen Schmuck, ein Collier von mehr als 20.000 Euro vor, während und nach einer Spenden-Gala überwachen.
„Finden diese großen Bälle nicht viel später statt?“ Luisa, die früher beim Kammergericht arbeitete, sah Laura fragend an.
„Ja, das habe ich auch gehört, vermutlich ist es ein Raumproblem. Denn in diesem Fall geht es um eine neue Stiftung, die sich für die Erforschung von Erkrankungen der oberen Atemwege, speziell bei Sängern und Schauspielern einsetzt. Ich war echt erstaunt, wie viele von ihnen Asthma oder COPD haben.“

„Wenn Sophie den Schmuck bewacht, was sollen wir dann machen?“ Christiane, die die für den üblichen Ablauf wichtigen Karten mit den W-Fragen schon in der Hand hielt, war irritiert.
Laura lächelte ihr zu. „Danke für den Hinweis. Ich muss das ganze Dilemma erklären, damit ihr versteht, wieso Frau X befürchtet, dass der Schmuck in Gefahr ist.
Eine gute Freundin von ihr hat vor einem halben Jahr an einer ähnlichen Gala teilgenommen. Da war es auch üblich, geliehenen Schmuck zu tragen und die Juweliere haben sich förmlich darum gerissen, schon der Werbung wegen.
Der Juniorchef von *Bradford-Juwelen* hat ihn persönlich ins Hotel gebracht. Nach der Veranstaltung legte die Freundin die Kette in die Kassette zurück und bewahrte sie die ganze Nacht neben ihrem Bett. Am Morgen hat sie sie dann persönlich dem Juniorchef in die Hand gedrückt, aber als der dann den Deckel öffnete, war der Schmuck verschwunden.“
„Das muss ja fürchterlich peinlich sein“, seufzte Claire.
„Ganz sicher“, bekräftigte Laura. „Die Versicherung hat das zwar abgedeckt, aber dieses Trauma wird doch die Frau nie wieder los. Sie ist übrigens auch eine der Großen im Theater, aber ganz früher hat sie Schlager gesungen.“
Laura lehnte sich zurück, zufrieden mit dem, was sie gerade in Gang gesetzt hatte.
„Du meinst, wenn wir herausfinden, was damals wirklich passiert

ist, würden wir zwei tolle Frauen glücklich machen“, lachte Emilia, die Lauras Taktik gut nachvollziehen konnte.
„Und berühmte Frauen“, unterbrach sie Stella. „Vergiss das nicht, denn wenn das klappt, werden uns die Reichen und Berühmten schon direkt anfordern.“
Laura fühlte sich auch gut bei diesem Gedanken, bremste aber gekonnt ab. „Bevor du dir das in allen Einzelheiten ausmalst, sollten wir uns erstmal diesem Fall zuwenden. Denn auch diesmal kommt der Schmuck von *Bradford-Juwelen*. Was wissen wir über diese Firma? Was sind das für Leute, was wird über sie geredet?“
„Aber können wir denn ganz sicher ausschließen, dass der Schmuck nicht doch nachts aus dem Zimmer entwendet wurde?“ Luisa achtete immer darauf, in mehrere Richtungen zu ermitteln.
Laura schüttelte den Kopf. „Ganz sicher kann man niemals sein, aber wir wissen, dass es keine Einbruchspuren gab und die Freundin von Frau X die Nacht alleine verbracht hat. Aber auch dafür haben wir nur die Aussage der Geschädigten.“
„Und ist der Schmuck irgendwo aufgetaucht?“ Antonia beugte sich interessiert vor. „Aber da ist Sophie bestimmt schon auf der Suche. Wenn das jemand schafft, dann deine Enkelin.“
„Davon gehe ich auch aus.“ Laura nickte überzeugt. „Also schaut euch in der Nachbarschaft von *Bradford-Juwelen* um. Adresse habt ihr auf eurem Handy, alles Wichtige, wie immer über WhatsApp an mich.

Diesmal müssen wir schnell sein, die Gala ist schon am Wochenende. Uns bleiben also nur noch 3 Tage."

Schon am nächsten Tag trafen die ersten Informationen ein, so wie es Laura schon am Abend bei Sophie angekündigt hatte.
Claire, die in der Nähe wohnte, kam selbst vorbei und strahlte, weil sie die erste war, die etwas herausgefunden hatte.
„Meine Nichte hat eine Freundin, die schon seit mehreren Jahren bei *Bradford-Juwelen* im Verkauf ist ", erzählte sie Laura und Sophie auf der Schaukel im Garten. „Sie hat mir berichtet, dass es zwischen dem Junior- und dem Seniorchef ziemliche Schwierigkeiten gibt, weil der irgendwo zockt und dauernd Schulden macht. Der Alte wollte ihn schon öfter rausschmeißen, aber das Geschäft gehört der Mutter und die hält die Hände über ihn."
Ähnliches ließ auch Christiane über das Telefon wissen. „Ich hatte den Junior zum Glück nicht in der Klasse, aber meine Kolleginnen sagen, er sei von Anfang an total verzogen und von der Mutter verwöhnt worden. Es habe auch kleinere Diebstähle gegeben, die immer wieder mit Geld bereinigt wurden, aber ob das alles jetzt noch eine Rolle spielt, kann ich nicht sagen."
Antonia, die noch viele Bekannte im Krankenhaus hatte, rief kurz danach an. „Ich hatte so eine Vermutung wegen möglicher Schulden und sie wurde bestätigt. Ende letzten Monats ist der Juniorchef von *Bedford-Juwelen* übel zusammengeschlagen worden und

musste in der Notfallambulanz behandelt werden. Dort hat er zwar angegeben, das seien Unbekannten gewesen, aber meine Freundin hat so was schon öfter erlebt und sie sagt, diese Art Verletzungen machen die Schuldeneintreiber. Sophie soll unbedingt vorsichtig sein, denn wenn der dringend Geld braucht, wird der bestimmt alles Mögliche versuchen."

Auch Sophie trug weitere Bruchstücke zu den Ermittlungen bei, die sie zwar vorwärts brachten, aber das Hauptproblem immer noch offen ließen. Auf der Suche nach dem ganz bestimmten Halsschmuck, der damals unter ungeklärten Umständen verschwand, war sie auf den Jetset-Seiten des Internets relativ schnell fündig geworden. Fast so, als wollte der Schmuck von ihr gefunden werden.

Bei einem Treffen eines Großindustriellen mit Geschäftspartnern auf seiner Jacht im Mittelmeer, trug dessen vierte Ehefrau genau dieses Collier, das von einem leuchtend grünen Alexandriten gekrönt wurde und nach Aussagen der Juweliere einzigartig war. Sophie zoomte das Foto so nahe, wie möglich heran, um es ganz genau zu prüfen, aber es handelte sich wirklich um das verschwundene Collier. Ganz offensichtlich war es daher nicht einem Kleinkriminellen in die Hände gefallen, sondern auf bisher ungeklärte Weise an einen mehrfachen Millionär verkauft worden.

Dazu passten auch die anderen Auskünfte, die sie eingeholt hatte.

Danach waren die beiden Fassadenkletterer, die es in die 7. Etage des Hotels hätten schaffen können, seit mehr als acht Monaten im Strafvollzug. Sophie krauste die Stirn. Es blieb wirklich nur der Juniorchef als Verdächtiger. Aber wie hatte er das hingekriegt? Es musste einen Weg geben, das zu entdecken, aber ihr fiel einfach keiner ein.

Als der entscheidende Samstag begann, hatte Sophie immer noch keine neue Idee und machte sich etwas entmutigt fertig, um zum Hotel zu fahren. Oma Laura umarmte sie fest und schüttelte sie leicht. „Claire hat gerade angerufen. Das Schmuckkästchen soll wichtig sein, der Juniorchef würde immer darauf bestehen, ein bestimmtes Kästchen zu verwenden. Kopf hoch, Sophie-Schatz! Jetzt musst du eben diese Kette bewachen und auf keinen Fall aus den Augen lassen. Alles andere klären wir später."
Sophie lächelte etwas mühsam und klopfte auf ihre große Umhängetasche. „Ich bin auf alles vorbereitet. Und du gehst jetzt mit Luisa zum Markt?"
Laura nickte kurz. „Wir sind bald zurück."
Nach einem letzten Blick auf die Zwillinge, die vermutlich mit Felix eine Regenwurm-Meisterschaft austrugen, denn sie rollten sich unablässig durch die ersten welken Blätter im Garten, stieg Sophie in ihr Auto und fuhr zum Hotel.
Frau X, ihre Auftraggeberin, war ausgesprochen nett.

Sie hatte schon Getränke und einen kleinen Imbiss geordert, damit es Sophie auch an nichts fehlte.
Die sah sich neugierig um, prüfte zunächst die Verriegelung der Fenster und das Schloss an der Tür, bestaunte den Kleiderständer mit mehreren großen Roben und setzte sich dann beeindruckt zu der Schauspielerin. Deren herzliches Lachen und die flinken Bewegungen ließen sie jünger erscheinen, als die 79, die sie offiziell zugab.
Bevor der Juwelier erschien, äußerte sie noch eine Bitte. „Ich möchte auf keinen Fall, dass jemand erfährt, dass ich den Schmuck bewachen lasse. Es soll alles so aussehen, wie immer. Deswegen werde ich Sie nachher als meine Stylistin vorstellen. Wundern Sie sich also bitte nicht über den falschen Namen."
Sie hatte kaum ausgesprochen, als der Juniorchef von *Bedford-Juwelen* erschien.
Sophie hielt sich im Hintergrund und beschäftigte sich mit den Kleidern auf dem Ständer. Als sie als Stylistin vorgestellt wurde, nickte sie nur höflich, betrachtete den Mann aber sehr interessiert. Er benahm sich weltgewandt und zuvorkommend, konnte aber sein blasiertes Lächeln nur schwer verbergen.
So als ab er die nächste Beute schon taxiert hätte, überlegte Sophie. Dann aber rümpfte sie die Nase. Diesen Geruch kannte sie, den nahm sie immer wahr, wenn jemand unverschämt log. Aber musste jemand, der aus geschäftlichen Gründen übertriebene Komplimente

machte, auch gleich ein Dieb sein?
Sie seufzte und wandte sich der Schmuckschatulle zu, als der Mann endlich gegangen war. Das war ein wirklich kostbares Stück, aus Holz gefertigt, im orientalischen Stil, blau lackiert und mit exotischen Vögeln und Drachen kunstvoll bemalt.
Die Auftraggeberin öffnete die Schatulle erneut, um Sophie die wirklich einzigartig gestaltete Kette zu zeigen, die aus Honigopalen und Chrysopalen gefertigt war und einen grüngoldenen Schimmer verbreitete.
Sophie nickte beeindruckt und betrachtete dann noch einmal genauer das Kästchens und seinen eigenartigen Verschluss, entdeckte aber nicht Ungewöhnliches.
Als die Schauspielerin danach zu ihren vereinbarten Interviews eilte, stellte Sophie die kostbare Schatulle auf den niedrigen Tisch in der Mitte des Zimmers und machte regelmäßige Rundgänge durch die Suite, um die Fenster und die Eingänge zu kontrollieren.
Sie war so konzentriert, dass sie fast zusammenzuckte, als sich ihr Handy meldete.
Felix, ihr Mann, war etwas aufgeregt, bemühte sich aber um Ruhe. „Sophie-Schatz, bleib bitte ruhig, es ist nicht so schlimm, wie du denkst. Leon ist hingefallen und hat eine kleine Wunde am Kopf. Ich bin auf dem Weg zum Arzt, weil der sich das sicherheitshalber ansehen soll, allerdings kann ich nicht mit beiden Kindern in die Notfallambulanz  und Oma Laura ist noch nicht zurück.

Könnte ich dir Laurie vorbeibringen und Oma Laura holt sie in einer halben Stunde wieder ab? Gut, ich sage ihr dann Bescheid."
Sophie holte tief Luft, um ihr aufgeregtes Herz zu beruhigen.
Hoffentlich war ihrem Baby nichts Schlimmes passiert!
Am liebsten wäre sie sofort… Stopp, bremste sie sich.
Sie hatte einen Auftrag. Leon wurde ja versorgt und sein Vater war bei ihm.
Also packte sie die wertvolle Schatulle in ihre Umhängetasche und fuhr nach unten in die Hotelhalle, um ihr Baby zu übernehmen.
Als Laurie dann ihre kleinen Ärmchen um ihren Hals legte und sich an sie kuschelte, schien für Sophie die Welt wieder in Ordnung zu sein, wenigstens für den Moment.
Aber Laurie wirkte auch etwas traurig, wahrscheinlich war sie durch Leons Unfall verstört. Um sie abzulenken, stellte Sophie das wertvolle Kästchen wieder auf den niedrigen Tisch.
Der Trick klappte. Laurie jauchzte entzückt auf, als sie die leuchtenden Farben und die Vögel sah.
Und da sie mit fast zwölf Monaten, schon mehrere mutige Schritte am Stück schaffte, ohne zu fallen, kam sie auch näher, um das wunderbare Kästchen zu berühren.
Sophie ließ sie ruhig herumtasten, sie konnte ja nichts kaputtmachen. Laurie brabbelte vor sich hin. „Mieze, Mieze, schön."
Sophie lächelte. Das hätte mal ein Drachen hören sollen, dass er als Mieze bezeichnet wurde!

Gerade wollte sich beruhigt in den Sessel setzen, als Laurie wie auch immer, das wertvolle Kästchen geöffnet hatte.
Und das war leer! „Oh, futsch weg“, sang Laurie vor sich hin, während ihre Mutter fast der Schlag traf.
Die wertvolle Kette war verschwunden! Wie konnte das sein? Sie hatte das Kästchen doch keine Sekunde aus den Augen gelassen. Vielleicht war die Kette ja einfach herausgerutscht? Dann müsste sie doch noch irgendwo auf dem Boden liegen. Sofort ging sie auf die Knie und spähte unter den Tisch und die Sofalandschaft, aber außer ein paar Wollmäusen war da nichts zu sehen. Laurie, die das für ein neues Spiel hielt, krabbelte fröhlich glucksend hinterher.
„Kann ich auch mitmachen oder ist das eine geschlossene Gesellschaft?“
Sophie zuckte zusammen, als sie Oma Lauras Stimme hörte. Eigentlich hätte doch niemand so einfach bis zu dieser Suite kommen dürfen.
„Wie bist du denn an dem Drachen an der Rezeption vorbeigekommen?“
Laura grinste nur. „Ich habe da so meine Methoden. Was sucht ihr eigentlich?“
Sophie blieb entmutigt auf dem Boden. „Ach Omi, das ist eine Katastrophe. Eben war die Kette noch da und plötzlich ist sie weg! Ich habe keine Ahnung, wie das passieren konnte. Zuerst dachte

ich, Laurie habe sie fallen lassen, aber auf dem Boden ist nichts."
Laura hockte sich vorsichtig neben sie und hoffte, sich anschließend auch wieder mühelos erheben zu können. „Was sagt dir denn dein Spürsinn?"
Sophie schloss brav die Augen und horchte kurz in sich hinein, dann riss sie die Augen empört auf. „Das ist doch verrückt! Die Kette ist da, aber ich sehe sie nicht."
„Ich schon", griente Laura, denn in diesem Moment jauchzte Laurie. „Wieder da! Schau Mami, wieder da!"
Sophie glaubte ihren Augen nicht zu trauen. Die Schatulle war geöffnet und die Kette lag wieder auf dem vorgeformten Samtuntergrund, nicht so schön angeordnet wie vorher, aber sie war wieder da. „Wie hast du das gemacht, du kleiner Racker?"
Als ob Laurie genau verstanden hätte, was ihre Mutter fragte, tippte sie mit ihren kleinen Fingern auf den Kopf eines Drachens.
Vor den staunenden Augen von Sophie und Oma Laura, senkte sich die Ebene, auf der der Schmuck lag und eine leere Fläche mit ebenso vorgeformtem Samtuntergrund schob sich darüber.
„Weg und futsch!" Laurie „erklärte" das Oma Laura ganz stolz, um kurz danach auf den Schwanz des exotischen Vogels zu tippen und zu jauchzen. „Wieder da!"
Sophie war überglücklich und umarmte Laurie immer wieder.
„Danke, meine kleine Detektivin, das hast du super gemacht!"
Oma Laura schüttelte nachdenklich den Kopf, lächelte aber dabei.

„Ich glaube, hier wächst eine ziemliche Konkurrenz für uns beide heran. Unsere Laurie wird noch besser werden, als Miss Marple und Sherlock Holmes zusammen. Aber jetzt ist der Fall gelöst und ich nehme Miss Laurie mit nach Hause."
„Danke, Omi." Sophie war total erleichtert, brannte aber auch darauf, die Sache endgültig aufzuklären.
„Ich werde sofort die Versicherung informieren, die warten sowieso schon auf meine Nachricht. Wenn ich denen diese zauberhafte Schatulle vorgeführt habe, kann sich das Schadensmanagement um den Rest kümmern. Wir sehen uns morgen Vormittag."

Noch lange nachdem Oma Laura mit der kleinen Laurie gegangen war, probierte Sophie den Mechanismus immer wieder aus, bis sie sicher war, dass am nächsten Tag alles klappen würde.
Nachdem der Mann von der Versicherung, mindestens genauso erstaunt wie sie, das Verschwinden des Schmucks verfolgt hatte, das sie demonstrierte, konnte er seine Empörung kaum unterdrücken. „Das ist der 4. Versicherungsfall, den uns dieser Juniorchef liefert und damit ist jetzt Schluss. Wir lassen ihn morgen seine Show abziehen und dann wird er festgenommen. Ich rede gleich mit dem zuständigen Staatsanwalt."
Sophie nickte nur und führte als nächstes ihrer Auftraggeberin, die zum Umkleiden ins Hotel kam vor, wie man ihre Freundin damals betrogen haben könnte und was möglicherweise für sie vorgesehen

war. Die Schauspielerin war zuerst überrascht und fasziniert, aber dann auch  ziemlich wütend. „Damit gehe ich an die Presse, das sind ja ganz üble Betrüger!“
Sophie bremste sie behutsam. „Ihre Versicherung hat bereits den Staatsanwalt informiert, die Ermittlungen haben schon begonnen. Wenn wir morgen alles so ablaufen lassen, wie es der Juniorchef erwartet, haben die dann die entscheidenden Beweise für den Betrug.“
Frau X fiel es sichtlich schwer, sich zurückzuhalten, aber als ihr dann der Leiter des Schadensmanagements der Versicherung telefonisch garantierte, dass ihre Freundin rehabilitiert würde, war sie Schauspielerin genug, um ihre Wut hinter einer Maske der Gelassenheit verschwinden zu lassen.
Dazu trug sicher auch die nächste Information bei, dass die Festnahme für den nächsten Tag geplant sei und die Versicherung bei einigen früheren Fällen mit *Bedford-Juwelen* in Regress gehen würde.
Obwohl eigentlich alles klar war, ließ Sophie in ihrer Wachsamkeit nicht nach. Konnte sie denn wirklich sicher sein, dass der Juniorchef nicht diesmal etwas anderes probierte und die Kette einfach stehlen ließ? Also beobachtete sie in ihrem besten schwarzen Hosenanzug, die Gala aus einiger Entfernung und atmete erst auf, als sich Frau X zurückzog.

Im Hotel nahm Sophie die zauberhafte Schatulle mit der Kette wieder an sich und behütete sie bis zum Morgen.

Als die Rückgabe am nächsten Vormittag erfolgen sollte, hätte man kaum sagen können, wer von den beiden Frauen angespannter war. Sophie hatte sich auf jede mögliche Situation vorbereitet.
Denn es war schwer vorherzusagen, wie der Juniorchef reagieren würde, wenn sein Coup erfolglos blieb. Verzweifelte Menschen reagierten oft mit Gewalt. Und auch davor musste sie ihre Auftraggeberin schützen. Frau X schien inzwischen nur noch genervt und wartete darauf, die Sache hinter sich zu bringen.
Zur vereinbarten Zeit erschien der Juniorchef strahlend mit einem Strauß gelber Rosen und weiteren Komplimenten, die schon etwas abgegriffen wirkten.
Sophie, die den Geruch der Lüge hinreichend kannte, hielt sich im Hintergrund, beobachtete aber genau. Es sah fast so aus, als habe sich der Mann geschminkt. Beinahe hätte sie gegrinst, denn vermutlich wollte er nur ein Veilchen abdecken.
Das hatte er bestimmt auch verdient. Und wenn sie an die anderen betrogenen Frauen dachte, von denen der Versicherungsmanager erzählt hatte, hätte sie ihm am liebsten auch ein blaues Auge verpasst.
Frau X reichte dem Mann die Schmuckschatulle mit einem fast strahlenden Lächeln „Das ist wirklich ein einzigartiges Stück und

ich habe sehr genossen, es tragen zu dürfen, aber jetzt geht es in ihre Hände zurück. So war es ja vereinbart."

Eigentlich hatten sie beide erwartet, dass er den Deckel sofort öffnen würde, aber er ließ sich ziemlich lange über die besondere Qualität der Steine und den einzigartigen Schliff aus.

Als dann Frau X mit Hinweis auf ihren Flug, den Juniorchef fast dazu drängte, die Kette zu prüfen und die Rückgabe zu bestätigen, beobachtete Sophie mit angehaltenem Atem, wie der Juniorchef mit einem überheblichen Lächeln völlig unauffällig den Kopf des Drachens betätigte, um dann total bestürzt in die leere Schatulle zu starren.

Mit einem fast mitleidigen Blick bedachte er Frau X, die ihr Entsetzen wesentlich besser spielte, als er seine Bestürzung.

„Aber ich habe das Collier wirklich in die Schatulle gelegt, das kann doch nicht verschwunden sein! Was mache ich denn jetzt? Das ist ja so peinlich."

Sie ging aufgeregt im Raum umher, so als ob die Kette noch irgendwo zu finden wäre.

Dann wandte sie sich wieder an den Mann. „Vielleicht ist sie ja auch gestohlen worden? Während ich hier schlief, das wäre ja furchtbar. Mein Herz, das ist einfach zu viel!"

Mit der Hand auf dem Herzen ließ sie sich schwer in einen Sessel sinken und fragte ängstlich. „Muss ich das etwa ersetzen?"

Sophie hätte am liebsten Beifall geklatscht, musste aber für den

Erfolg der Aktion sogar ihr Grinsen unterdrücken.
Der Juniorchef war sehr darauf bedacht, die Kundin zu beruhigen und den Vorgang in seinem Sinne abzuschließen.
„Gnädige Frau, bitte regen Sie sich doch nicht auf. So etwas kann immer passieren, dafür hat man ja Versicherungen. Ich habe rein zufällig das Formular für die Verlustanzeige bei mir. Sie müssen nur noch unterschreiben. Wir kümmern uns um alles."
Nachdem Frau X unterzeichnet hatte und der Juniorchef die Papiere eilig in seine Tasche packte, nahm Sophie, wie verabredet, mit einem schadenfrohen Lächeln die zauberhafte Schatulle an sich, drückte auf den Schwanz des exotischen Vogels und ließ die Kette wieder erscheinen.
„Wenn jemand behauptet, dass etwas verschwunden wäre und Schadenersatz verlangt, obwohl alles noch vorhanden ist, dann handelt es sich doch offensichtlich um Betrug."
„Das sehe ich auch so!"
Während der Juniorchef noch völlig überrascht auf die Kette starrte, hatte sich die Tür geöffnet und der leitende Ermittler, der im Nebenraum mitgehört hatten, trat mit weiteren Beamten näher. Einer übernahm die Schatulle.
„Der Schmuck ist vorhanden, obwohl sie gerade eine Schadensanzeige vorbereitet haben. Jochen Bedford, ich nehme Sie fest, wegen Betrug in mindesten vier Fällen. Sie haben das Recht…."

Sophie kannte diesen vorgeschriebenen Ablauf zur Genüge und wandte sich ihrer Auftraggeberin zu, während die Beamten das Zimmer verließen.

Die strahlte und hatte die Komödie sichtlich genossen. Sie bedankte sich überschwänglich bei Sophie. „Frau Graf, ich kann Ihnen gar nicht sagen, wie erleichtert ich bin, dass mir die Versicherung Sie empfohlen hat. Sie haben mir und meiner Freundin, die ich gestern gleich angerufen habe, eine solche Last von der Seele genommen. Das war wirklich eine fantastische Leistung."

An dieser Stelle musste Sophie einhaken und erklären, welche besondere Rolle die Krimifrauen bei diesem Fall hatten.

Frau X hörte bei den eingestreuten Anekdoten über die bisher gelösten Fälle so fasziniert zu, dass sie beinahe das Taxi zum Flughafen verpasst hätte.

Mit einem Stoß von Autogrammen und einem beachtlichen Honorarscheck, fuhr Sophie dann nach Hause, um ihre Babies in den Arm zu nehmen, Leons Pflaster zu bewundern und natürlich Oma Laura jede Einzelheit zu berichten.

Am folgenden Mittwoch nahm Sophie an der Siegesfeier der Krimifrauen teil, spendierte den Sekt und demonstrierte ihnen mit einem Video, wie die zauberhafte Schatulle Schmuck verschwinden ließ. „Vielen Dank an euch alle, denn ohne euch hätten wir diesen diffizilen Fall niemals so schnell lösen können.

Frau X hat mich gebeten, euch ihre Anerkennung zu übermitteln und da ich von euch erzählt habe, hat sie für jede von euch ein persönliches Autogramm geschrieben.“

Während Sophie die Karten überreichte, hatte sie die seltene Gelegenheit, die Krimifrauen auch einmal sprachlos zu erleben.

„Also das ist wirklich eine tolle Geste“, erklärte schließlich Stella.

„Ich wünsche es ihr zwar nicht, aber sollte wieder etwas sein, sind wir alle für sie da.“

„Und die beste Nachricht zum Schuss“, grinste Sophie. „Sie findet einfach toll, was ihr leistet und hat angekündigt, dass sie jemanden finden wird, der eure Krimi-Abenteuer verfilmt und dann möchte sie unbedingt mitspielen.“

## Die Fahrraddiebstahl-Masche

„Das ist doch wirklich die Höhe.“ Laura Graf schob ihr Fahrrad, dem das Vorderrad fehlte, mühsam zum Gartentor herein.
„Da gibt man sich Mühe und strampelt für ein besseres Klima und dann wird das Rad geklaut. Ich war nur einen Moment im Laden.“
Ihre Enkelin Sophie und deren Mann Felix eilten sofort zu Hilfe, aber Oma Laura nahm das in ihrer Empörung gar nicht so wahr.
„Und was macht die Polizei?“ Sie starrte Felix vorwurfsvoll an.
„Gar nichts, sie hat keine Leute! Hier muss sich unbedingt etwas ändern. Wenn es kein anderer macht, werden wir das übernehmen.“
Dann verschwand sie im Haus.
Felix unterdrückte sein Grinsen gleich, als Sophie ihn an den Oberarm boxte. „Unterschätze Oma Laura nie und auch nicht ihre Krimifrauen. Du weißt, sie haben schon ganz andere Sachen geschafft.“
Felix, der davon auch schon profitiert hatte, war ganz kleinlaut geworden und legte versöhnlich den Arm um die Schultern seiner Frau. „Sophie-Schatz, du hast ja recht. Aber uns fehlen wirklich nicht nur Leute, die aufklären, sondern vor allem solche, die übergreifend agieren und unsere Ressourcen bündeln könnten. Unsere Soko Fahrrad besteht aus 3 Leuten, obwohl alle 2 Minuten ein Fahrrad geklaut wird. Von Fahndung kann da gar keine Rede sein.“

Sophie verstand die Situation der Polizei, die mit vielen Einsparungen zurecht kommen musste, schließlich war sie selbst bei der Truppe gewesen. Dennoch grinste sie. „Lass Omi nur machen, ihr werdet staunen.“

Zwei Tage später, in denen Laura ihren Garten etwas vernachlässigt, aber ausgiebig zum Thema Fahrrad-Diebstahl im Internet recherchiert hatte, klingelte sie in ihrer gut sitzenden marineblauen Hose und einem hellgrauen Blazer bei ihrer Nachbarin und besten Freundin Luisa, um sie abzuholen.
Jeden Mittwoch trafen sich die sieben Krimifrauen im *Café Schokohimmel* im alten Bahnhof. Anfangs hatten sie nur über ihre Lieblingskrimis gesprochen und sich solche gegenseitig empfohlen, die das logische Denken der Leserin förderten und forderten und unnötige Blutlachen und Grausamkeiten vermieden.
Allerdings war das in den letzten Monaten etwas in den Hintergrund getreten, denn mit jedem Fall, den sie selbst oder gemeinsam mit Sophie, der Privatdetektivin, lösen konnten, lechzten sie nach neuen Abenteuern, die die Welt gerechter machen würden.
Laura schüttelte irritiert den Kopf, als Luisa nicht öffnete.
Sie waren doch verabredet und das hatte Luisa noch nie vergessen!
Etwas beunruhigt ging sie deshalb seitlich am Haus entlang nach hinten, um sich zu vergewissern, dass alles in Ordnung war.
Schon als sie um die Ecke kam, sah sie zwei Polizisten, die

sich gerade von einer ziemlich blassen Luisa verabschiedeten.
„Um Himmelswillen, was ist denn passiert? Bist du verletzt?“
Luisa schüttelte nur den Kopf, wartete noch einen Moment, bis die Polizisten die Straße erreicht hatten und wies dann auf ihre Garage.
„Die Tür wurde aufgebrochen und unsere Räder geklaut. Wir hatten sie erst letzten Monat beim „Radler“ gekauft. Ich wollte eigentlich solche Elektroräder, die einen Sender haben. Wenn die gestohlen werden, kann man sie damit aufspüren. Aber Luke wollte das selber machen, weil ihm der Preis im Geschäft zu hoch war. Jetzt haben wir den Salat, aber der wird Augen machen.“
„Das kann doch nicht wahr sein“, schimpfte Laura. „Haben wir eine Invasion von Fahrraddieben? Mir haben sie vorgestern das Vorderrad abmontiert und heute klauen sie eure Räder. Und was haben die Polizisten gesagt?“
Luisa drehte genervt ihre Augen nach oben. „Die waren schon überrascht, dass ich ihnen die Rahmennummern geben konnte, aber sie haben mir keine Hoffnung gemacht, wegen der osteuropäischen Banden.“
„Mir auch nicht“, erklärte Laura sarkastisch. „Mir wurde ja nur das Vorderrad gestohlen. Da weiß man sofort, der Diebstahl wird zur Kenntnis genommen und abgelegt.“
„Vielleicht sollten wir“, begann Luisa zögernd, aber Laura unterbrach sie sofort. „Wir werden! Wir werden nicht nur ermitteln, wir werden diese Diebstähle auch aufdecken. Es kann doch nicht sein,

dass ein Autodiebstahl verfolgt wird, aber bei einem Fahrrad, das für das Klima und unsere Gesundheit viel wichtiger ist, lediglich registriert wird. So und jetzt müssen wir uns beeilen, um die anderen darauf einzuschwören."

Als Laura und Luisa endlich das *Café Schokohimmel* betraten, schauten ihnen die anderen schon gespannt entgegen.
Und da draußen, trotz des sonnigen Herbstwetters ein scharfer Wind wehte, war es in ihrem Lieblingscafé kuschlig warm.
Wie immer roch es betörend nach Kaffee und guter Schokolade und wie immer saßen auch die Krimifrauen etwas abseits von den anderen Gästen, damit ihre Geheimnisse auch geheim blieben.
Stella, die Witwe eines bekannten Malers und die ehemalige Krankenschwester Antonia flüsterten sehr intensiv miteinander.
Vermutlich ging es wieder um ihre Kunstexkursionen, die ganz offensichtlich bei der rothaarigen Stella zu dem erhofften Erfolg geführt hatten.
Man hatte Laura zugetragen, dass sie mehrfach mit einem silberhaarigen, gut aussehenden Mann gesehen worden sei.
Eigentlich wollte sie Stella heute ein wenig damit aufziehen, aber die Wut über die Fahrrad-Diebe trübte ihre Stimmung.
Nachdem sie sich kurz mit Luisa abgestimmt hatte, begann sie.
„Mädels, wir beide haben heute einen Fall in eigenem Interesse, bei dem wir eure Hilfe brauchen. Vor zwei Tagen hat man mir das

Vorderrad geklaut, obwohl ich wirklich nur einen Moment im Gemüseladen war. Bei Luisa wurde heute die Garage aufgebrochen und sie haben zwei total neue Räder mitgenommen. Die Polizei war zwar da, macht ihr aber keinerlei Hoffnung, ihre Räder wieder zu bekommen, wegen der osteuropäischen Banden, deren man nicht habhaft wird. Aber ich frage mich, wie kann das sein, dass so etwas nicht aufgeklärt, nicht verfolgt und nicht betraft wird?“

Als hätte sie in ein Wespennest gestochen, so flogen die Meinungen durcheinander. Jede kannte jemanden, der von dieser Art des Diebstahls betroffen war oder hatte selbst schon einen Verlust erlebt.

„Man hat den Eindruck, Fahrräder wären Freiwild. Nicht nur für die Diebe, die am Bahnhof ständig welche klauen, sondern auch für die Polizei, obwohl Fahrräder eigentlich schon ziemlich teuer sind“, begann Claire, die ein Reisebüro geleitet hatte, die Diskussion.

„Ähnliches passiert auch ständig an den Schulen. Ich denke, dass sich diese Diebstähle nur schwer verfolgen lassen. Man hat zwar die Rahmennummern, aber die kann man vermutlich leicht entfernen“, mutmaßte Christiane, die ehemalige Lehrerin.

„Das stimmt, aber ich habe auch gelesen, dass diese Informationen oft gar nicht weitergegeben werden, dass es innerhalb der EU kein koordiniertes Vorgehen und auch keine abgestimmten Fahndungen gegen kriminelle Banden auf diesem Gebiet gibt“, wetterte Laura.

„Hier geht es doch wirklich nicht um Peanuts! In einer Stadt hat die Polizei erprobt, mit einer großen Sonderkommission gegen solche Diebstähle vorzugehen. Dabei haben sie eine Bande erwischt, die in relativ kurzer Zeit Räder im Wert von 360.000 Euro gestohlen hatte. Das waren 500 Räder, die wieder sicher gestellt wurden, aber alleine in unserer Stadt werden jährlich mehr als 30.000 Räder gestohlen."

„Ich habe einen Bericht im Fernsehen gesehen", rief Emilia, die ehemalige Psychologie-Dozentin. „Ein Reporterteam war Undercover auf dem größten Fahrrad-Flohmarkt Litauens in Kaunas. Die Händler dort wissen, dass die Räder geklaut sind und das wird behandelt, wie ein Kavaliersdelikt. Hier wird wenigstens noch registriert, aber wenn die Räder dann über die Grenze sind, haben diese Banden überhaupt nichts mehr zu befürchten."

„Wird denn Fahrrad-Diebstahl bei uns überhaupt bestraft?" Antonia war nachdenklich geworden. „Mir kommt das so vor, als würde die Zahl der Diebstähle zunehmen, weil ja sowieso nichts passiert."

„Ganz so ist es nicht." Luisa hob die Hand. „Fahrrad-Diebstahl ist ein Diebstahl, wie jeder andere auch und wird mit Geldstrafe oder auch Freiheitsstrafe geahndet. Wenn dazu noch ein Schloss aufgebrochen wurde, wie an meiner Garage, zählt das als Einbruch und kann demjenigen bis zu drei Jahren Aufenthalt auf Staatskosten einbringen."

„Aber dazu muss man sie erst mal erwischen“, stellte Laura fest, während die anderen nickten. „Luisa und ich sind wild entschlossen, diese Sache aufzuklären, denn ich glaube nur bedingt an die Banden aus Osteuropa. Die gibt es sicherlich, aber woher sollten die wissen, dass ausgerechnet in Luisas Garage zwei neue Räder stehen?“

„Vielleicht beobachten sie die Fahrrad-Läden und folgen dann den Käufern?“ Antonia klang unsicher und schränkte auch gleich wieder ein. „Aber für die organisierte Kriminalität würde das doch viel zu lange dauern. Dann sind es vermutlich eher Trittbrettfahrer.“

„Das sehe ich auch so“, nickte Laura. „Ich glaube, da nutzt jemand ganz bewusst aus, dass alle an das organisierte Verbrechen glauben, gegen das man sowieso nichts machen kann.

Aber wir brauchen auf jeden Fall mehr Informationen und zwar ganz gezielte. Also hört euch bei denen um, die erst in letzter Zeit ihr Rad verloren haben. Ermittelt, wo das war und zu welcher Tageszeit.“

„Es wäre auch wichtig zu wissen, ob es sich um ein neues Fahrrad handelt und ob es ein Markenrad war, also hochpreisig“, ergänzte Luisa.

„Wir sollten bei einem teuren Rad auch erfragen, wer davon wusste“, rief Emilia und schüttelte den Kopf. „Da machen einige ziemlichen Blödsinn. Die Enkelin einer Bekannten hat ein tolles Trekking-Rad bekommen und das Foto sofort in den sozialen Netzwer-

ken gepostet. Zwei Tage später war das wertvolle Stück weg."
„Guter Hinweis, das sollten wir beachten." Laura hatte alle Hinweise in ihrer Geheimschrift notiert und beendete das Treffen.
„Wie immer alles Wichtige gleich an mich und nächste Woche sehen wir uns wieder."

Schon auf dem Heimweg hatte sie eine kühne Idee, war sich aber nicht sicher, ob sie machbar wäre. Aber als sie abends mit Sophie über die Diebstähle sprach, machte sie doch einen Vorstoß. Schließlich hatte ihre Enkelin wesentlich mehr Ahnung von gezielten Hintergrund-Recherchen im Internet.
„Erinnerst du dich noch an den Fall mit der Katzen-Mafia? Damals hast du doch im Netz die Händler gesucht, die so viele Tiere verkauften, dass die nie aus eigener Zucht stammen konnten und die daher möglicherweise Diebstähle organisieren. Kann man so etwas auch für Fahrräder machen?"
Sophie nickte vorsichtig. „Das Netz ist voll von gebrauchten Fahrrädern, die aber in der Regel privat verkauft werden. Niemand kann nachverfolgen, ob zum Beispiel Jens oder Jana aus der Südstadt in diesem Jahr 2 Fahrräder oder 7 verkauft haben. Das prüft also auch niemand.
Was du wissen willst, betrifft eher die Gebrauchtwaren-Händler. Gibt es da jemanden, der Massen an Rädern verkauft? Vielleicht noch ohne einen speziellen Laden dafür zu haben?"

Laura nickte so begeistert, als hätte Sophie schon die Lösung parat. Doch die lächelte nur. „So eine Recherche ist nicht ohne.
Aber ich kenne jemanden, der sich zurzeit über ein bisschen Ablenkung freuen wird und den Nachwuchs wollte ich mir sowieso ansehen."
Laura nickte erfreut. „Du meinst Feli, das ist eine gute Idee.
Die Kleine müsste jetzt acht Wochen sein. Sag mir Bescheid, wann du gehst, dann backe ich ihren Lieblingskuchen."

Schon am nächsten Tag kamen die ersten Informationen.
Bis zum Abend hatte Laura daraus eine kleine Statistik erstellt und saß grübelnd davor, als ihr Sophie über die Schulter schaute.
„Feli ist hellauf begeistert, dass sie mal was anderes machen kann und freut sich auf den Pflaumenkuchen."
Laura seufzte. „Das mache ich gleich morgen früh, am besten auch mehrere, denn Pflaumenkuchen geht immer. Aber erstmal muss ich das hier verstehen. Wir haben schon jede Menge an Material."
Sophie setzte sich ihr gegenüber und sah sie neugierig an. „Wie viele Räder wurden denn geklaut?"
„Bisher habe ich die Fakten von Claire, Emilia, Christiane, Luisa und von mir. Insgesamt wurden in den letzten zwei bis drei Wochen 5 Fahrräder und ein Vorderrad gestohlen, 3 Räder in der Nähe der Realschule und 2 aus einer Garage. Alle Räder einschließlich meines Vorderrades, gingen am Nachmittag verlustig. 2 Räder

waren schon älter, aber 3 waren nagelneu und alle drei beim *Radler* gekauft."

Sophie wiegte zweifelnd ihren Kopf. „Das reicht aber noch nicht für einen konkreten Verdacht."

Laura nickte, obwohl sie schon glaubte, ein System zu erkennen. In dem Moment läutete ihr Telefon. Laura hörte aufmerksam zu, notierte die Angaben und bedankte sich bei Antonia.

„Noch ein neues Fahrrad, ein Citybike, vor zehn Tagen beim *Radler* gekauft und nachmittags an der Bibliothek gestohlen."

Sophie war beeindruckt. „Ihr solltet bei der Soko Fahrrad anfangen. Für die kurze Zeit habt ihr schon enorm viel erreicht."

Laura grinste stolz. „Wenn ich die Kuchen fertig habe, werde ich mir morgen mal diesen *Radler* genauer ansehen."

Ihre Absicht wurde noch erhärtet, als sich Stella spät am Abend meldete.

„Bei der Tochter einer Freundin wurde der Fahrrad-Schuppen ausgeräumt, nur das Fahrrad der Tochter, das pinkfarbig lackiert war, haben sie stehen lassen Als die Eltern von der Arbeit nach Hause kamen, war bereits alles passiert. Die Räder der Eltern waren schon etwas älter, aber das Trekking-Rad vom Junior hatte er gerade erst zum Geburtstag bekommen."

„Und weißt du auch, wo sie es gekauft haben?"

„Ja, beim *Radler* natürlich, der ist dort ganz in der Nähe."

Am nächsten Nachmittag schaffte es Laura endlich zum Fahrradgeschäft zu kommen, ganz offiziell, um ihr Vorderrad zu ersetzen. Mit Lukes Hilfe hatte sie genau notiert, was sie für ihr Fahrrad brauchte.

Aber ihre gründliche Vorbereitung stieß überhaupt nicht auf Gegenliebe bei dem Besitzer des Geschäftes, Herrn Hehler, dessen Gesicht schon zornrot war, als sie den Laden betrat.

Sie betrachtete den relativ kleingewachsenen Mann, während er die Kundin vor ihr richtiggehend abkanzelte. Irgendwie schien das Klischee, dass kleingeratene Männer über zu viel Ehrgeiz verfügen und deshalb häufig Probleme mit ihrem Umfeld haben, bei ihm genau zuzutreffen.

Als sie dann ihren Wunsch äußerte, plusterte er sich regelrecht auf, um sie davon zu überzeugen, dass sie unbedingt Vorder- und Hinterrad ersetzen müsse.

Laura lächelte zwar, als ob sie seine Einwände verstehen würde, beharrte aber auf ihrem Wunsch. Das führte zu einem weiteren wütenden Wortschwall. „So einfach, wie Sie sich das vorstellen, ist es nicht. Ich bin der Fachmann, aber hört jemand auf mich? Ich empfehle die beste Sicherheitstechnik, die es gibt und will sie jemand haben? Nein! Und dann wundern sich die Leute, wenn ihre Räder geklaut werden“

An dieser Stelle hatte Laura wieder das Gefühl, als ob sich ihre Nackenhaare kräuseln würden. Das kannte sie schon. und hatte es auch bereits öfter in der Nähe von Verdächtigen gespürt. Aber so einfach konnte es doch nicht sein?

Andererseits gab es ja auch den Fall des Glasers, der die Fensterscheiben einwerfen ließ, um mehr Aufträge zu bekommen.

Auf jeden Fall war das ein möglicher Ansatzpunkt. Sie betrachtete den Händler genauer, während der sich weiter über seine unbelehrbare Kundschaft echauffierte.

Er schien eine Menge Frust zu haben und ließ jeden an seiner schlechten Laune teilhaben, der den Laden betrat.

Mit dieser Haltung wird er noch mehr mögliche Kunden vergraulen und nicht allzu viel verkaufen, also geht sein Geschäft vermutlich schlecht, überlegte Laura. Das alleine macht ihn natürlich noch nicht verdächtig, aber wir sollten ihn im Auge behalten.

Trotz seines Palavers kaufte sie nur das benötigte Vorderrad und bezahlte mit ihrer Kreditkarte.

Da schoss ihr ein neuer Gedanke durch den Kopf.

Hatte der Händler nicht bei dieser Bezahlform auch gleichzeitig die Adressen seiner Kundschaft? Und konnte er möglicherweise…?

Aber dann rief sie sich innerlich zur Ordnung.

Nicht zu früh nur in eine Richtung ermitteln, sondern alles bedenken! Das betonte Sophie immer, aber dennoch hatte sie bei diesem Mann gar kein gutes Gefühl und kombinierte weiter.

Wenn er in Frage käme, wie und durch wen würden dann die Räder gestohlen? Gab es in ihrer Stadt etwa auch solche Banden, die das übernahmen? Aber wer hatte denn dafür ständig am Nachmittag Zeit? Das müsste sie klären und sie wusste auch schon wie.

Gerade als sie zuhause ihr Fahrrad wieder startfertig montiert hatte und Ben von den *Kleinen Detektiven* anrufen wollte, sah sie ihn und seinen rothaarigen Freund Noddy nebenan in Lukes Garage verschwinden. Sie überlegte nur kurz und folgte ihnen dann. Überrascht sah sie, dass sich die drei über Zeichnungen, Schalter und ein Gewirr von Drähten beugten, mit dem Laura absolut nichts anfangen konnte.
„Baut ihr ein neues Sicherheitssystem für Fahrräder?"
Luke sah sie prüfend an, um sicherzugehen, ob sie ihn mit ihrer Frage vielleicht auf den Arm nehmen wollte. „Das wäre wohl ein wenig spät, nachdem sie geklaut wurden. Nein, aber wir hatten schon eine tolle Idee, diese beiden Strategen und ich, aber die Gauner sind uns zuvor gekommen. Wir waren noch nicht ganz fertig, wenn ihr jedoch die Räder irgendwo findet, hätte ich noch ein Ass im Ärmel."
„Gut zu wissen", murmelte Laura und wandte sich an die Jungs.
„Ich brauche auch eure Hilfe."
„Kein Problem, wir haben Herbstferien", grinste Ben. „Worum geht es denn?"
„Wir haben festgestellt, dass einige Räder nachmittags in der Nähe der Realschule verschwunden sind oder an der Bibliothek, die ja

nicht weit entfernt ist. Ich vermute, dass ältere Schüler daran beteiligt sind. Falls ihr darüber etwas hört, sagt mir bitte Bescheid."
Ben hatte alles notiert und salutierte ernsthaft. „Wird gemacht, aber da muss ich Sporty und die anderen einschalten, das ist deren Revier."
Natürlich war Laura klar, dass es für die *Kleinen Detektive* in den Ferien auch schwieriger sein würde, an die notwendigen Informationen zu gelangen, deshalb wappnete sie sich mit Geduld und genoss das Wochenende mit Markus auf einem Weinfest.

Erst am Dienstag meldete sich Sporty ganz aufgeregt.
„Oma Laura, wir haben sie! Fritzi und ich haben zwei Verdächtige aus der 9.Klasse observiert. Und die haben tatsächlich ein Fahrrad aus einem verschlossenen Schuppen geholt. Natürlich wussten wir nicht, ob es geklaut ist. Deshalb bin nur ich ihnen gefolgt und Fritzi ist dort geblieben. Sie hat dann gehört, wie die Leute geschimpft haben, das sei völlig neu gewesen. Die zwei haben das Rad ins Gewerbegebiet gebracht und in einem Haus eingeschlossen. Das habe ich fotografiert. Das Bild und die Adresse schicke ich dir gleich."
„Super! Das ist echt toll" Über diesen Fahndungserfolg freute sich Laura so sehr, dass sie am liebsten getanzt hätte.
Endlich ging es vorwärts! Doch das war noch nicht alles. Am Abend kam Sophie mit Neuigkeiten von Feli.

„Omi, ich habe keine Ahnung, wie du es machst, aber du hattest wieder mal den richtigen Riecher."

Laura lächelte bescheiden. „Das höre ich gerne, auch zweimal. Ich habe heute schon mehr  tolle Ergebnisse erfahren, bin aber  ganz gespannt darauf, was Feli herausgefunden hat."

„Sie hat nur einen Gebrauchtwarenhändler gefunden, der überdurchschnittlich viele Räder verkauft und das ist eine Frau.

Sie heißt Berta Neubauer."

„Nie gehört. Wer ist das?"

Sophie grinste, als sie den fragenden Gesichtsausdruck ihrer Großmutter sah. „Ich habe mich auch gewundert und Feli vermutlich auch. Deshalb hat sie noch ein wenig an ihrem Computer gezaubert und festgestellt, dass die gute Frau 89 Jahre alt ist."

„Reife Leistung für dieses Alter", murmelte Laura.

„Das sah Feli auch so und hat weiter gegraben. Jetzt wissen wir, dass sie die Großmutter von Burghardt Hehler ist. Und das ist…"

„Der *Radler"* Laura sprang auf. „Ich wusste es, der Mann war mir gleich verdächtig!"

Sophie, die sich mit Oma Laura freute, setzte fort. „Die Webseite der Firma von Frau Neubauer enthält auch eine Adresse, Bornstedter Straße 27. Man müsste…"

„Da sind wir schon dran. Das ist noch ein Beweis!"

Jetzt war Sophie echt überrascht, als ihr Oma Laura das Foto, das Sporty gemacht hatte und die Adresse zeigte. „Sporty hat gesehen,

wie zwei Schüler aus der 9. Klasse dort ein geklautes Fahrrad hingebracht und eingeschlossen haben."
Sophie lachte. „Wow, hier ist eine Menge passiert, als ich nicht da war, aber ich habe auch noch ein Sahnehäubchen. Wenn jemand ein gebrauchtes Fahrrad bei Frau Neubauer kauft, kann er es gegen Quittung beim *Radler* abholen. Das hört sich auf der Website super seriös an, ist aber für uns auch der letzte Beweis. Wir haben ihn!"

Am nächsten Tag ging es beim Treffen der Krimifrauen lebhafter zu, als in einem Bienenkorb. Im *Café Schokohimmel* war es zwar gemütlich wie immer, aber für die Frauen waren Kaffee und Kuchen in den Hintergrund gerückt, obwohl Lettys Traubentorte verführerisch aussah und der Kaffee wie immer betörend duftete. Viel wichtiger war es ihnen, einen konkreten Schlachtplan zu schmieden, nachdem Laura alle ermittelten Fakten dargelegt hatte.
Emilia begann völlig untypisch für sie, als erste. „Mich beschäftigt, dass der Mann Hehler heißt und auch noch einer ist. Und da sagt man immer, Gott habe keinen Humor. Ich hätte bei diesen kriminellen Absichten wenigstens meinen Nachnamen geändert."
Die Frauen lachten zustimmend.
„Ich weiß, wie wir ihn kriegen", rief plötzlich Claire und schnipste aufgeregt mit den Fingern. „Eine von uns bestellt sich ein Rad auf dieser Website der Großmutter und wenn der Radler dann zum Lager fährt, um es zu holen, haben wir ihn."

„Und dann verhauen wir ihn oder was?“ Stella schüttelte tadelnd den Kopf. „Die Idee ist grundsätzlich richtig, aber wir müssen die Polizei dabei haben. Nur die kann ihn festnehmen. Felix ist doch wieder im Dienst, oder?“
Mit dieser Frage wandte sie sich an Laura. Die grinste vergnügt.
„Das ist er, aber das ist nicht sein Revier. Er hat uns aber den Kontakt zur Soko Fahrrad vermittelt. Heute Abend kommt jemand von denen, damit wir uns abstimmen können.“
„Das beruhigt mich enorm“, meldete sich Antonia. „Ich würde ja die Fahrrad-Bestellung übernehmen, aber ich war schon Kundin beim *Radler.* Das wäre dann wohl nicht so günstig. Und wenn wir so vorgehen wie Claire sagt, müsste das Rad ja sofort bezahlt werden und dieses Geld ist doch dann verloren, oder?“
Die Frauen sahen sich betroffen an, bis Luisa eine Idee hatte.
„Man könnte eventuell online mit der Verkäuferin eine Barzahlung vereinbaren. Das wäre dann für sie eine direkte Einnahme an der Steuer vorbei. Das könnte solche Leute locken.“
„Wenn es so ist, kann ich das übernehmen“, rief Claire unternehmungslustig. „Ich komme nachher bei euch vorbei, da kann mir Sophie über die Schultern schauen und notfalls eingreifen.“
„Gut, dann mache ich mich an den Einsatzplan“, erklärte Laura. „Die *Kleinen Detektive* helfen uns, denn wir müssen sehr flexibel observieren. Sobald die Lieferung angekündigt wird, müssen wir genau mitkriegen, wann er vom Laden losfährt und welchen Weg

er nimmt. Noch wissen wir nicht sicher, ob die Bornstedter Straße sein einziges Lager ist.“

Nachdem am Abend Claires Bestellung und auch die Barzahlung akzeptiert waren, trafen sich Laura, Luisa, Luke, Sophie und Felix, um einen Einsatzplan vorzubereiten, der jegliche Überraschungen ausschloss.

Axel, ein gut trainierter Mittfünfziger von der Soko Fahrrad, der etwas später dazu stieß, war schwer beeindruckt.

„So hätte ich mir unsere Sonderkommission auch gewünscht. Uns erzählen die Leute nicht halb so viel, wie euch.“

Laura und Luisa grinsten sich stolz an, als Axel fortsetzte.

„Ich habe ja schon einiges vom bärbeißigen Knut gehört, der ständig von euch schwärmt, aber ich dachte, der übertreibt. Jetzt erlebe ich das selbst und bin restlos begeistert. Wenn wir so vorgehen, hätten wir zum ersten Mal seit Jahren einen echten Erfolg gegen die Fahrraddiebe.“

Am Donnerstag teilte Claire bereits am Vormittag den Erhalt der erwarteten Mail mit. Sie könne das Fahrrad ab Freitag am späten Nachmittag beim *Radler* abholen und die Rechnung begleichen.

Das war der entscheidende Moment, an dem Laura den Einsatzplan in Kraft setzte, in der Hoffnung, dass jeder seine Aufgabe kannte und alles wie am Schnürchen lief.

Dennoch konnte sie ihre Unruhe nicht verbergen und lief schon am

Vormittag wie aufgescheucht durch Sophies Büro.
Die grinste nur. „Du hast doch deine Truppen gut instruiert und alle außer dem Osterhasen und der Zahnfee sind heute hinter dem *Radler* her. Bleib ruhig Omi, das wird schon klappen!“
Eigentlich hatte Laura damit gerechnet, dass der *Radler* das Geschäft einer Aushilfe überlassen würde, um das Rad zu holen, aber das tat er nicht. Er ließ sich so viel Zeit, dass Lauras Nerven schon wieder blank lagen.
Erst gegen 14.30 Uhr hängte er ein GESCHLOSSEN-Schild an die Tür und fuhr mit einem Kleintransporter mit Fahrrad-Aufhängung vom Grundstück.
Laura informierte ihre Mitstreiter und stürzte nach draußen zu ihrem Rad, um sich mit den anderen an der Bornstedter Straße zu treffen.
Im Gewerbegebiet verteilten sie sich so gut es möglich war, um ihn nicht aufmerksam zu machen. Aber Herr Hehler ließ sich wieder viel Zeit, so dass Laura noch unruhiger wurde. Sollte doch noch ein anderes Lager existieren und sie warteten hier umsonst?
Dann kam ein Anruf von Sporty. „Oma Laura, der Kerl hat vielleicht Nerven. Er hat unterwegs eine Frau besucht, sie winkt ihm noch vom Fenster nach. Jetzt fährt er los und könnte in gleich bei euch sein.“
Bevor Laura die anderen informieren konnte, hörte sie schon das herannahende Auto und sah total überrascht, wie Herr Hehler

vergnügt pfeifend aus dem Wagen stieg und zum Lagergebäude ging. Nach kurzer Zeit erschien er wieder und befestigte ein Fahrrad an der Aufhängung.
Laura gab das Signal mit ihrem Handy und das Polizeiauto mit Axel und einem Kollegen bog in die Straße ein. Die Polizisten stiegen aus und näherten sich dem Händler, der kaum beunruhigt schien. Auf die Fragen der Ermittler erklärte er sofort. „Gestohlene Räder gibt es bei mir nicht, da können sie jeden fragen. Ich biete sogar die beste Technik gegen Diebstahl an. Hier werden sie kein Rad finden, dass nicht mir gehört."
„Da wäre ich nicht so sicher", knurrte Luke und trat mit seinem geliehenen Rad näher, während die Krimifrauen und die Kids einen Kreis bildeten.
Nachdem Luke kurz auf sein Handy getippt hatte, erklang aus dem kleinen Lagergebäude laut und deutlich das Lied *Ja, mir san mit'm Radl da.* „Haben Sie das auch eingebaut? Ich schon und mein Rad wurde gestohlen."
Alle lachten laut über diesen gelungenen Coup, nur der Händler wurde schon wieder zornrot und knirschte mit den Zähnen. Er sah sich hektisch um, aber da standen zu viele Menschen.
„Und das Rad auf dem Auto gehört meiner Frau", setzte Luke fort. „Hier ist die Rahmennummer, die Sie an der Sattelstütze wiederfinden und daneben habe ich ein Herz eingraviert."
An dieser Stelle übernahm wieder Axel und prüfte das Rad genau,

dann nahm er den Mann fest. Nachdem er ihm seine Rechte vorgelesen hatte, erklärte er. „Wir werden die Vorwürfe gegen Sie genauestens prüfen. Meine Kollegen beginnen gleich mit der Untersuchung dieses Lagers und Sie kommen mit mir."
Als der Wagen abfuhr, jubelten die Frauen und die Kids besonders stolz und klatschen sich gegenseitig ab.
„Danke, Leute", rief Laura, „das war echt toll! Wer Lust hat, kommt noch mit in unseren Garten, es gibt Pflaumenkuchen."

Zwei Tage später sah sie Ben und Noddy wieder mit Luke in der Garage und davor hantieren. Neugierig näherte sie sich und lugte über den Zaun. Offensichtlich arbeiteten sie wieder daran, die Fahrräder noch sicherer zu machen. Sie grinste vergnügt und rief ihnen zu. „Warum verpasst ihr dem Fahrrad nicht eine App, mit dem es bei Diebstahl selbst die 110 wählen kann?"
Die drei starrten sie wortlos an, bis Noddy mit leuchtenden Augen, ebenso breit grinste. „Das ist echt eine Superidee, Oma Laura!"

**Der Stalker**

Sophie Graf-Brunner, die junge Privatdetektivin, recherchierte an ihrem Laptop nach einer Münzsammlung, die einem älteren Ehepaar gestohlen wurde, während ihre Großmutter, die eigentlich Belege kontieren wollte, über der Zeitung halblaut grummelte.
„Frauenquote, das ist echt lächerlich! So löst man doch keine Probleme."
Sophie hob den Kopf. „Wieso denn nicht? Seit wann hast du denn etwas gegen Frauen in Führungspositionen?"
„Das habe ich nicht, im Gegenteil, ich bin sehr dafür. Aber einen wichtigen Job sollte immer derjenige übernehmen, der es am besten kann und nicht, weil er eine Frau ist, ein bunter Mensch oder seine Haut kariert ist. War ich Direktorin, weil ich eine Frau bin? Nein, ganz eindeutig nicht, sondern weil ich die Beste war.
Das darf ich in aller Bescheidenheit behaupten. Man muss bessere Bedingungen schaffen, damit gute Frauen Führungsaufgaben übernehmen können und wollen. Und die Frauen selbst, sollten untereinander keinen Zickenkrieg führen, sondern sich mehr unterstützen. Dann klappt das auch ohne Quote."
Sophie lächelte. „Du hast wie immer recht, Omi. Du solltest in die Politik gehen, du würdest ihnen schon zeigen, wo's lang geht."
Dann wandte sie sich wieder ihrer Aufgabe zu.
„Hast du eigentlich in letzter Zeit von Chrissie gehört?"

Sophie wandte sich bei dieser Frage zu Oma Laura. „Wieso? Brauchst du wieder ein neues Kleid?“
Laura schüttelte lächelnd den Kopf. „So kaufbesessen bin ich doch wirklich nicht. Lissy hat mir erzählt, dass irgendetwas nicht stimmt. Vielleicht hat sich Chrissie einfach zu viel vorgenommen und braucht was zur Entspannung. Schick sie doch mal zu diesem tollen Therapeuten, den du gerettet hast.“
Sophie grinste vergnügt, als sie sich an diesen Fall von Erpressung erinnerte. „Jan Behrend, das wäre eine gute Idee. Vielleicht sollte ich…“ Da meldete sich ihr Telefon. Sie hörte nur kurz zu. „Ich komme sofort, wir sehen uns im Geschäft.“
Für einen Moment stützte sie erschüttert den Kopf in die Hände. Oma Laura, die gerade mit der Buchhaltung begonnen hatte, hob neugierig den Kopf. „Ist etwas passiert? Erzähl doch mal.“
Sophie schüttelte nur abwehrend den Kopf. „Keine Zeit! Chrissie ist angegriffen worden, ich muss sofort Felix informieren. Ich treffe ihn am besten gleich im Laden. Omi, falls es länger dauert, könntest du die Zwillinge bei der Tagesmutter abholen?“
Sie nahm das Nicken von Oma Laura noch aus den Augenwinkeln wahr, rannte nach draußen zu ihrem Auto und fuhr direkt zum *Fashion Dream,* dem kleinen aber sehr beliebten Modegeschäft in der neuen City um den alten Bahnhof.
Sophie machte sich große Sorgen, denn Chrissie hatte so verzweifelt geklungen, wie sie sie noch nie erlebt hatte.

Sie hatte keinen Blick für die herbstliche Dekoration im Schaufenster, sondern stürmte in Sorge um ihre beste Freundin und Schwägerin sofort hinein.

Josefine, Chrissies Geschäftspartnerin, drehte gleich das Türschild auf GESCHLOSSEN und winkte Sophie in den Nebenraum.

Dort lag Chrissie zitternd und schluchzend auf einer Liege.

Als Sophie sie nur vorsichtig an der Schulter berührte, zuckte sie schreckhaft zusammen. Erst als sie sicher war, dass es sich wirklich um ihre beste Freundin handelte, ließ sie sich in den Arm nehmen.

Der fiel zwar das Tuch um den Hals auf, aber sie hielt sich zurück.

Nach einigen Minuten kam Josefine mit einem Melissentee, den sie nur abstellte, um sie dann alleine zu lassen.

Es dauerte lange, bis Chrissie in der Lage war zu reden.

„Das war Phillip, du kennst ihn nicht. Ich wollte ihn euch ja vorstellen, aber er wollte nur mit mir alleine sein, mich nicht mit anderen teilen.“

„Wie hast du ihn denn kennengelernt?“

„Ganz normal, auf dem Antikmarkt. Wir haben uns beide den gleichen alten Schmuck angesehen, einen Anhänger aus grünem Turmalin. Ich mag solchen Schmuck mit dem gewissen Etwas und er suchte wohl etwas für seine Mutter. Du weißt, wie ich auf Grün stehe und er hat auch noch wunderschöne blaugrüne Augen. Später lud er mich zum Essen ein und war so zuvorkommend und höflich, wie kein anderer bisher. So etwas hat mich bei Männern schon im-

mer beeindruckt, wahrscheinlich zu viel."
„Du hast nichts falsch gemacht", beruhigte sie Sophie. „Ich vermute, so höflich ist er nicht geblieben?"
Chrissie schüttelte den Kopf. „Ich war so blöd. Mir hätte damals schon auffallen müssen, wie aufmerksam er mich beobachtete und wie abrupt er mein Gespräch mit dem netten Kellner unterbrach. Allerdings fand ich diese Eifersucht eher schmeichelhaft.
Jojo hat ihn von Anfang an nicht gemocht und behauptet, er sei viel zu besitzergreifend. Und ich Idiotin habe ihn noch verteidigt und gesagt, das sei fürsorglich. Er bemühte sich wirklich sehr um mich, las mir jeden Wunsch von den Augen ab, war zärtlicher als alle Männer, die ich kannte und wollte immer nur mit mir zusammen sein."
„Ich weiß", Sophie strich ihr beruhigend über den Rücken. „Man selbst merkt es zuletzt. Dir ist nie der Verdacht gekommen, dass er ein Kontroll-Freak sein könnte?"
„Doch", flüsterte Chrissie geknickt. „Mit der Zeit empfand ich seine Fürsorge fast erdrückend, sie schien eher einer Überwachung zu gleichen. Telefonate oder Treffen mit anderen waren ihm ein Dorn im Auge. Er wachte eifersüchtig darüber, dass meine Aufmerksamkeit nur ihm galt. Als er eines Tages dazu kam, wie Karsten, Cindys Mann, für mich den Wasserhahn im Bad reparierte, drehte er fast durch. Mit hochrotem Gesicht stürzte er auf mich zu und schrie: *Ich wusste es, du betrügst mich. Das lasse ich nicht zu. Du*

*gehörst mir!* Ich war total entsetzt, wahrscheinlich hat er sich deswegen etwas beruhigt und versucht, sich zu entschuldigen. Seine letzte Freundin habe ihn pausenlos betrogen und deshalb sei er so empfindlich. Aber für mich war das der Schlusspunkt. Eine solche Beziehung habe ich nie gewollt und das habe ich ihm auch sofort gesagt."

„Er hat das vermutlich anders gesehen, oder?"

„Ich glaube, er hat sich geweigert, das überhaupt wahrzunehmen und mich behandelt wie ein Kind, das etwas Dummes getan hat. Als ich darauf nicht einging und bei meinem Nein geblieben bin, wurde er wütend, so wütend, dass ich Angst bekam. Es wäre ein großer Fehler, ihn fallenzulassen und er würde mir schon noch zeigen, wie groß. *Mich wirst du nicht so einfach los,* hat er noch gebrüllt, ehe er gegangen ist. Ich habe das Schloss auswechseln lassen und dachte, das war's."

Nachdem Chrissie vorsichtig am Tee genippt hatte, verzog sie das Gesicht, offensichtlich war das Schlucken schmerzhaft.

Sophie strich ihr tröstend über die Schulter. „Und was kam dann?"

„Er hat mich ständig angerufen, aber da konnte ich ihn einfach wegdrücken. Dann hat er eine Mail nach der anderen geschickt oder Botschaften über Facebook gesandt. Danach hat er jeden Abend vor unserem Haus gestanden und wütend geschimpft."

Chrissie schluchzte erneut auf und sah Sophie fast flehend an.

„Ich habe mir wirklich Mühe gegeben, ruhig zu bleiben, meine

Bedenken zu erklären. Er verlangt einfach zu viel. Er kann mich doch nicht besitzen! Aber er hört mir gar nicht zu und sagt nur immer: *Du gehörst mir. Nichts und niemand wird daran etwas ändern.*

Dann hat er mit Telefonterror begonnen. Das Telefon klingelt häufig nachts, wenn ich gerade eingeschlafen bin. Er meldete sich nie, ich höre nur sein schweres Atmen."

„Aber warum hast du denn nichts gesagt? Du hättest sofort Anzeige wegen Stalking erstatten müssen, du kannst eine neue Telefonnummer bekommen und du kannst dich wehren. Wir helfen dir doch."

Chrissie ließ den Kopf hängen. „Ich habe mich einfach geschämt. Bisher habe ich immer anderen Beziehungstipps gegeben und kriege es selbst nicht auf die Reihe. Meine Mutter darf das gar nicht erfahren, ihr passiert so etwas ganz sicher nicht."

„Aber ich muss es erfahren. Komm her, Kleine!" Mit einem erneuten Aufschluchzen warf sich Chrissie in die Arme ihres Bruders Felix, der von Jojo hereingelassen worden war.

Nachdem sie wieder sprechen konnte, ließ er sich genau schildern, was passiert war. „Ich wollte heute etwas früher im Laden sein, weil ich gestern mit der Vorbereitung nicht fertig geworden bin. Es war noch dunkel, als ich hier ankam. Normalerweise geht im Vorraum sofort das Licht an, heute aber nicht. Ich dachte noch, da sei eine Glühbirne durchgebrannt, als ich seinen schweren Atem hörte. Eigentlich hatte ich gehofft, Phil hätte es endlich begriffen, schließlich hatte ich ihn schon einige Tage nicht gesehen, aber plötzlich stand er dicht hinter mir. Ich hatte gerade die Ladentür aufgeschlossen, als ich einen so heftigen Stoß bekam, dass ich in den Laden hineinfiel.

Er riss mich sofort wieder hoch und flüsterte mit dieser monotonen Stimme, als ob er nicht ganz bei sich wäre: *Du gehörst mir! Aber wenn ich dich nicht haben kann, bekommt dich auch kein anderer.* Dann hat er mich so gewürgt, als wollte er mich gleich umbringen. Ich habe mich gewehrt, ich habe ihn getreten und gekratzt, aber er hatte eine solche Kraft und diesen irren Blick. Ich dachte jetzt ist alles vorbei, aber dann kam Jojo und hat mich gerettet."

Die lächelte nur. „Ich habe einen schwarzen Gürtel. Den Mann möchte ich sehen, mit dem ich nicht fertig würde."

Sophie hatte währenddessen Chrissies Halstuch entfernt und betrachtete die Würgemale. „Du musst sofort zu einem Arzt."

„Ach wo, so schlimm ist es nicht", wiegelte Chrissie ab.

„Es geht nicht darum, jetzt besonders tapfer zu sein, sondern diesen Kerl aus dem Verkehr zu ziehen. Und dazu gehört, dass ein Arzt die Verletzungen dokumentiert, damit wir bei der Anzeige, die die Kollegen von Felix aufnehmen, den Vorwurf der Körperverletzung und des Stalkings beweisen können. Ich hoffe, du hast einige seiner Nachrichten aufgehoben?"

Chrissie nickte so verzagt, dass Sophie sie wieder tröstend in den

Arm nahm. „Das wird schwer für dich, aber wir helfen dir da durch, wir alle."

Als Chrissie endlich die Anzeige erstattet und ihre Ärztin die Verletzungen dokumentiert hatte, fühlte sie sich, als könnte sie zum ersten Mal wieder tiefer einatmen, aber die Angst, wie Phil reagieren würde, quälte sie noch immer.

Felix und Sophie hatten ihr genau erklärt, was jetzt noch ablaufen würde. „Normalerweise suchen meine Kollegen einen Stalker auf und klären ihn über die strafrechtlichen Konsequenzen seines Handelns auf. Wir haben schließlich ein Gesetz gegen Stalking.

Bei dir liegt außerdem mindestens Körperverletzung vor, also wird er festgenommen, möglicherweise auch nur vorübergehend."

Chrissie nickte nur, als Sophie fortsetzte.

„Und deswegen fahren wir beide jetzt zur *Weiberwirtschaft,* zu Kristin, der Anwältin über der Buchhandlung. Ich kenne sie gut und habe sie schon vorinformiert. Sie wird alles Notwendige für dich schneller regeln können, dass du gleich eine neue Telefonnummer bekommst und dass eine einstweilige Verfügung erlassen wird, damit dieser Irre sich dir nicht mehr nähern darf."

„Wenn du möchtest", meldete sich Josefine aus dem Hintergrund, „sperre ich deinen E-Mail-Account vorerst, Facebook hast du ja schon blockiert."

Als Sophie endlich am Abend alles Oma Laura berichtet hatte, tat sie das mit dem guten Gefühl, das Wichtigste geklärt zu haben.

Jetzt könnte sich Chrissie wieder erholen und es sich gut gehen lassen, aber Laura war skeptisch. „Wie sieht er denn aus, was ist er für ein Typ?“
Sophie zeigte ihr eins der Bilder, die sie von Chrissies Smartphone überspielt hatte, damit sie ihn für den Fall der Fälle erkennen konnte, sollte er ihr zufällig gegenüber stehen.
Oma Laura betrachtete lange, die etwas verweichlichten Gesichtszüge und schüttelte den Kopf. „Der hat schon im Sandkasten alles festgekrallt, was seins ist. Und der gibt auch heute so leicht nicht wieder her, was ihm gehört. Und als solches betrachtet er wohl Chrissie. Aber ich kann sie verstehen, er hat wirklich wunderschöne blaugrüne Augen. Allerdings sind Augen in dieser Farbe an einen solchen miesen Typen einfach verschwendet.“

Oma Laura sollte recht behalten. Ganze zwei Tage wähnte sich Chrissie in Sicherheit, dann begann alles wieder von vorne, wie sie Sophie am Telefon berichtete. Nach ihrer Anzeige hatte man Philipp festgenommen, aber es war ihm gelungen, die Polizisten zu überzeugen, es habe sich nur um eine leidenschaftliche Umarmung gehandelt. Manche Frauen würden ja die harte Tour bevorzugen. Daraufhin ließ man ihn wieder frei. Das hatte er ihr höhnisch mitgeteilt.
Allerdings hatte die Anwältin dafür gesorgt, dass die einstweilige Verfügung und das Kontaktverbot in Kraft gesetzt wurden.

Daraufhin näherte sich Philipp Chrissie nicht, sandte ihr aber ständig Botschaften über das Netz und nachdem ihre Adresse gesperrt war, schickte er alles an die Webseite des *Fashion Dreams*, wobei seine Unterstellungen und Behauptungen immer beleidigender wurden. Irgendwann ging er dazu über, Botschaften an den Laden oder die Fassade zu sprayen, die von Schimpfwörtern nur so strotzten.

Sophie erfuhr davon erst, als Sporty, der auch Kurierfahrten für Chrissie übernahm, empört bei ihr auftauchte und davon berichtete.

„Die meisten Sprayer sind nachts unterwegs, aber dieser Idiot hat das am Nachmittag gemacht, als ich dort die Lieferung abholen wollte. Ich habe ihn fotografiert, mit Zeitanzeige. Ich hoffe, dass Felix ihn jetzt einbuchten kann."

So langsam machte sich Sophie Sorgen. Sie hatten alles veranlasst, was das Gesetz zum Schutz von Stalking-Opfern vorsah, aber nichts schien so zu greifen, dass es den Belästigungen ein Ende gesetzt hätte. Nur gut, dass Chrissie schon von Jan Behrend behandelt wurde. Wie hätte sie das sonst verkraften können?

Auch Oma Laura begann an der bisherigen Strategie zu zweifeln und beschloss, sich mit den anderen Krimifrauen zu beraten. Vielleicht gab es noch etwas, was sie tun konnten, denn Chrissie schien ihre frühere Lebensfreude verloren zu haben.

Als sie auf der Suche nach einem seltenen Reliquiar durch eine belebte Nebenstraße kam und Chrissies Bild in einem Schaufenster sah, blieb sie zwar überrascht stehen, dachte aber immer noch nicht an etwas Schlimmes. Erst als sie näher kam, sah sie den Rahmen um Chrissies Foto, auf dem in kunstvoller Schrift solche Wörter standen, die Laura gar nicht in den Mund nehmen wollte.

Vergessen war das Geschenk, das sie für Markus suchte, jetzt hatte etwas anderes Vorrang. Sie fotografierte das Schaufenster und den Namen des Inhabers und betrat wutschäumend das Geschäft.

Schon an den grünen Augen erkannte sie, wen sie vor sich hatte.

„Das ist doch wohl die Höhe, was sie mit dem Foto der jungen Frau machen!"

„Wieso?" Der Inhaber des Antiquitätenladens grinste nur arrogant. „Das ist künstlerische Freiheit."

Laura erstickte fast an dem, was sie ihm eigentlich ins Gesicht schleudern wollte, änderte dann aber ihre Taktik. Sie äußerte ihre Meinung höflich mit einem gut gewählten Schimpfwort und warf ihm einen Blick zu, mit dem man Farbe hätte abbeizen können, bevor sie das Geschäft verließ. Diesen Idioten musste man mit seinen eigenen Waffen schlagen! Und sie wusste auch schon wie.

Schon die Idee ließ sie wieder schadenfroh und voller Vorfreude lächeln. Ihre gute Laune blieb, auch als sie am Abend von Sophie erfuhr, dass Philipp Plakate mit diesem Foto in die Nähe des *Fashion Dreams* gehängt hatte, allerdings immer unter Einhaltung des richterlichen Kontaktverbotes, über das er sich offensichtlich lustig machte.

„Bleib ruhig, ich hatte einen Geistesblitz, wie wir den Kerl mit seinen eigenen Waffen schlagen können.“
Schon nach den ersten Worten leuchteten Sophies Augen und zum Schluss sprang sie auf. „Ich würde am liebsten gleich losziehen. Die Idee ist echt gut.“
„Aber wir brauchen so viele Unterstützer, wie möglich. Ich rede morgen mit den Krimifrauen und vielleicht können die Kids einen Fahrradkorso machen. Die Plakate könnten wir allerdings schon heute vorbereiten, ich rufe Markus wegen der Schrift an und dein Drucker kann heute Nachtschicht machen.“

Am nächsten Tag trafen sich die Krimifrauen wie immer am Mittwoch im *Café Schokohimmel.* Natürlich sprachen sie gerne über ihre geliebten Krimis, in denen das logische Denken vor dem Einsatz von Waffen kam und Humor wichtiger war, als die Anzahl der Leichen. Dennoch konnte Laura beim Blick in die Runde die sehnsüchtigen Blicke nicht übersehen. Gab es einen neuen Fall? Oder wenigstens ein Verbrechen aus zweiter Hand, wenn Laura über Sophies Erfolge berichtete?
Immerhin war die Pflaumenkuchenfeier nach der Aufklärung der Fahrraddiebstahl-Masche schon einige Wochen her. Und da es bei Chrissies Problem sowohl um eine Straftat, als auch um notwendige Frauen-Solidarität ging, schilderte Laura die bisherigen Vorkommnisse.

Die Betroffenheit und die Empörung der Frauen war groß, schließlich waren alle schon einmal im *Fashion Dream* gewesen und hatten Chrissies kompetente Hilfe erfahren.

„Es ist doch nicht zu glauben, dass die Polizei dem Mann glaubt und nicht die Verletzungen der Frau berücksichtigt. Und das Ergebnis ist, dass der sich auch noch sicher fühlt und weitermacht. Wir sollten hier unbedingt eingreifen“, schimpfte Antonia, die als ehemalige Krankenschwester schon oft Opfer von männlicher Gewalt gesehen hatte.

„Warum machen diese Männer das überhaupt? Es sind doch hauptsächlich Männer, oder?“ Claire war sehr nachdenklich und wandte sich an Emilia, die frühere Psychologie-Dozentin.

„Ist das wirklich noch Liebeskummer? Der dürfte sich doch nie so in Hass äußern.“

„Da hast du absolut recht. Beim Stalking geht es um Macht, Rache und gekränkte Eitelkeit“, erklärte Emilia. „Und 80 bis 90 Prozent der Stalking-Opfer sind Frauen, die oft nicht ernst genommen werden, obwohl wir entsprechende Gesetze haben.

Das was Stalker tun, erscheint vielen Menschen zu banal, um es ernst zu nehmen. Genau genommen hat ein Stalker die emotionale Reife einer Stechmücke, er reagiert wie ein Kleinkind, dem man im Sandkasten die Schaufel weg genommen hat. Er will die Frau wieder haben, weil sie ihm gehört. Was sie will, interessiert ihn nicht oder er glaubt sowieso besser zu wissen, was sie braucht. Und

wenn das nicht klappt, wird er wütend."
„Aber nicht jeder Stalker versucht gleich sein Opfer umzubringen."
Christiane, die ehemalige Lehrerin versuchte die Unterschiede zu erfassen.
„Das stimmt", setzte Emilia fort. „In den meisten Fällen ist es die Masse der Beleidigungen und Lügen über eine lange Zeit, die die Opfer zermürben. Gefährlicher wird es bei den *Alles-oder-nichts-Gedanken* der Stalker. Es gibt Experten, die sagen, man könne ein erhöhtes Gewaltrisiko bei Stalking schon vorher erkennen.
So eine Art roter Flagge dafür wäre das, was dieser Mann zu Chrissie gesagt hat. *Wenn ich dich nicht haben kann, dann keiner.*
Also ich wäre sehr dafür einzugreifen und auch mit drastischen Mitteln."
„Ich auch", meldete sich Stella, die Witwe eines bekannten Malers. „Ich habe so etwas Ähnliches in einem Film gesehen. Ich erinnere mich nicht mehr genau, wie er hieß, aber darin haben Frauen einen Stalker oder Vergewaltiger richtiggehend fertig gemacht, in dem sie in seiner Straße Bilder und Plakate aufgehängt haben, die ihn beschuldigen."
„Ich hatte eine ähnliche Idee." Laura lächelte immer noch schadenfroh. „Gestern war ich rein zufällig in seinem Geschäft in der Brunnengasse und jetzt schaut euch an, was in seinem Schaufenster stand."
Wieder schlugen die Wellen der Empörung hoch, als die Frauen die

Fotos betrachteten. „Das Beste kommt noch, als ich ihn darauf angesprochen habe, hat er lediglich gefeixt und behauptet, das sei künstlerische Freiheit. Und deshalb machen wir das genauso und schlagen ihn mit seinen eigenen Waffen. Sophie und ich haben schon einiges vorbereitet. Damit stellen wir uns vor seinen Laden und informieren jede Frau, die kommt."

Wieder ging ihr Smartphone reihum, aber diesmal gluckten die Frauen vor Lachen.

Nur Claire, die gerne etwas vorsichtiger war, hatte Bedenken.

„Aber wenn er die Polizei ruft und uns verhaften lässt?"

Laura schüttelte nur lächelnd den Kopf. „Vergesst nicht, wir sind doch nur ein paar harmlose alte Schachteln. Dafür gibt es bestimmt einen Paragrafen, dass man uns das nachsehen muss."

„Das wohl eher nicht. Aber es sollte trotzdem kein Problem sein, wir sind mit sieben lediglich eine kleine Gruppe, das muss nicht einmal angemeldet werden", bestätigte auch Luisa, die in Rechtsfragen das letzte Wort hatte.

„Ich bin auf jeden Fall dabei, auch wenn es brenzlig werden sollte", rief Antonia. „Aber kommen denn dort auch genügend Leute vorbei? Wenn ich mich richtig erinnere, ist die Brunnengasse eine Nebenstraße und er hat das Geschäft neben dem Wäscheladen, oder?"

„Natürlich wollen wir viele Menschen erreichen, deswegen schlage ich vor, dass wir das am Freitag machen. Da wird genau an der

Ecke von Brunnengasse und Silbersteinplatz ein neuer Bioladen mit Snackbar eröffnet. Ich schätze, da bekommen wir genügend Aufmerksamkeit."

Der Freitag begann vielversprechend. Nicht dass die Sonne geschienen hätte, dafür war der November sowieso zu grau, aber es war trocken und die Meteorologen hatten auch keinen Regen angedroht. Also die besten Voraussetzungen für ihre Frauen-Power-Aktion, fand Laura, als sie sich mit ihren Truppen in der Brunnengasse traf.

Zu den sieben Krimifrauen kamen noch Sophie, Cindy, die Schwester von Chrissie und außerdem Feli, Maja und Judith aus der *Weiberwirtschaft,* alle Stammkundinnen von Chrissie.

Den Anfang der Aktion machten die *Kleinen Detektive*, die mit einem Fahrrad-Korso die Aufmerksamkeit der Interessenten am Bioladen auf die Brunnengasse und das Geschäft richteten, vor allem durch die großen Plakate mit dem Foto des Mannes, umrahmt von der mehrfachen Kennzeichnung *Stalker,* allerdings in künstlerisch ausgestalteten Buchstaben.

Zunächst blieb alles ruhig. Am Anfang blieben nur einige Passanten bei den Frauen vor dem Geschäft stehen, um sich die Plakate anzusehen, die Zusammenhänge zu erfahren und dann regelmäßig kopfschüttelnd weiter zu gehen.

Als dann aber die ersten Kundinnen, die eigentlich das Geschäft betreten wollten, umkehrten, weil sie von den Frauen die Hintergründe ihrer Aktion erfuhren, schoss Philipp wütend aus seinem Laden. „Verschwinden Sie hier! Ich zeige sie an! Was Sie hier veranstalten ist Rufschädigung!“

Die Frauen starrten ihn nur an, wie etwas, das unter einem Stein hervorgekrochen war. Lediglich Laura antwortete ihm mit einem tödlichen Lächeln: „Sagten Sie nicht, das sei künstlerische Freiheit? Ich finde, Sie haben ja so recht.“

Verärgert wandte er sich den anderen zu. Vermutlich hoffte er bei den jüngeren Frauen auf mehr Anklang und sprach ausgerechnet Sophie und Cindy an. „Sie sind doch bestimmt nicht so herzlos, wie diese alten Hyänen. Ich wollte doch nur meine große Liebe zurückgewinnen.“

Aber die beiden blieben stumm und schossen ihm lediglich solche Blicke zu, die jeden Mann, der nur über einen Funken Empathie verfügte, in Stein verwandelt hätten.

Allein Feli, die Probleme hatte, ihr Temperament zu zügeln, flüsterte: „Sophie, hast du deine Waffe dabei? Das macht sich immer gut bei Leuten, die nicht verstehen, dass sie ihre Chancen ausgereizt haben. Ich habe nämlich keine Lust, noch nächste Woche hier zu stehen.“

Sophie bemühte sich, nicht zu grinsen, da sie Feli gut kannte, aber Phil wurde blass um die Nase, stürzte zurück in den Laden und tauchte auch nicht wieder auf. Irgendwann erschien an der Tür ein

GESCHLOSSEN-Schild. Er hatte offensichtlich das Haus durch die Hintertür verlassen.
Erst dann klatschten sich die Frauen ab und zogen sich zurück, warteten jedoch sehr gespannt darauf, was passieren würde.

Drei Tage später, als Laura im Garten nach den letzten Schlehen suchte, um Likör zu machen, kam Sporty auf seinem Fahrrad angeprescht.
„Oma Laura, der Sieg ist unser!“ Er grinste. „Das sagt mein Onkel Mats immer und diesmal stimmt es auch. Wir sind mit unseren Plakaten noch zweimal vorbei gefahren. Jetzt steht der Laden zum Verkauf, der feige Hund hat sich verzogen. Wahrscheinlich hat er wirklich Angst gehabt, dass Feli ihn erschießt. Dabei ist die dafür viel zu nett!“
Oma Laura lächelte. „Das ist die beste Nachricht des Tages und ein Stück Apfelkuchen wert. Falls du überhaupt Hunger hast?“
Diese Frage erübrigte sich und so erfuhr auch Sophie aus erster Hand vom Gelingen der Aktion.
Als sie anschließend bei Chrissie vorbeifuhr, war ihre beste Freundin und Schwägerin zwar immer noch blass, aber schon wieder hoffnungsvoll, als sie vom Rückzug ihres Peinigers erfuhr.
„Jan hilft mir wirklich sehr. Ich kann ruhiger schlafen und denke nicht mehr dauernd daran, was Phil wohl als Nächstes macht.“

Der folgende Mittwoch im *Café Schokohimmel* stand wieder voll im Zeichen der Frauen-Solidarität und des Sieges über ein unwürdiges Exemplar der Spezies Mann. Wie immer gab es Sekt zum Anstoßen, diesmal von Sophie, Cindy und Felix.

„Unsere Aktion war ein voller Erfolg!“ Laura strahlte, als sie das verkündete. „Sein Laden steht inzwischen zum Verkauf. Anfangs dachte ich, er habe sich nur zurückgezogen, aber inzwischen weiß ich, dass er erneut festgenommen wurde.

Mit unseren Plakaten haben wir einigen Frauen soviel Mut gemacht, dass sie endlich gehandelt haben. Mittlerweile haben ihn noch zwei andere Frauen angezeigt, denen er früher ebenso übel mitgespielt hat. Trinken wir darauf, dass alle unsere Kämpfe so erfolgreich werden  und dass die Solidarität unter uns Frauen immer weiter wächst!“

**Die vergessene Beute**

„Sophie-Schatz, komm schnell. Wir haben einen Express-Einsatz!“ Sophie, die junge Privatdetektivin, fühlte sich gerade nicht bereit für neue Ermittlungen. Morgen war der 3. Advent und sie hatte das Familienzimmer weihnachtlich geschmückt, aber leider zu wenig bedacht, dass ihre Zwillinge das Bedürfnis haben würden, alles anzuknabbern.
Mit 15 Monaten konnten Laurie und Leon schon ziemlich sicher laufen und damit auch das erreichen, was ihnen interessant erschien, Und das war zurzeit fast alles.
Zum Glück hatte Oma Laura als sie in den Raum stürmte, auch Felix mitgebracht, der seine Nachkömmlinge einfach unter die Arme klemmte, um sie nebenan zu beschäftigen. Sophie hörte noch ihr Jauchzen, als sie ihre Großmutter fragend ansah.
„Sporty hat angerufen, wir sollen schnell kommen, weil sie etwas Wertvolles gefunden haben.“
Sophie grinste. „Haben sie schon wieder eine Schatzkarte entdeckt?“
„Nein das ist es nicht.“ Oma Laura zog Sophie vom Sessel hoch. „Sie räumen eine Wohnung und haben dort einen Schatz entdeckt. Er klang ziemlich aufgeregt, also beeile dich.“
Nach einer kurzen Autofahrt auf einer nahezu schneefreien Straße, erreichten beide ein älteres, aber sehr gut gepflegtes Fachwerkhaus

mit mehreren Etagen. „Und natürlich gibt es keinen Fahrstuhl“, murrte Laura, aber Sophie lächelte nur milde und sprintete nach oben.

In der 3. Etage warteten Sporty und seine Schwester Fritzi, die als *Kleine Detektive* schon oft bei Sophies Ermittlungen geholfen hatten. „Ich glaube, wie haben etwas Ähnliches gefunden, wie in dem Spukhaus, nur nicht ganz so viel“, sprudelte es aus dem Mund des Dreizehnjährigen, während er seine kastanienbraunen Locken aufgeregt aus der Stirn strich.

Seine Schwester zog sie in ein Zimmer, auf dessen Schwelle ihre kluge Hündin Perla saß, um den Zugang zu bewachen. „Wir wollten eigentlich nur die letzten Sachen mitnehmen“, erklärte sie. „Die Wohnung ist schon geräumt, es gab nur noch kleine Autos und alte Bücher, die Onkel Mats für uns aufgehoben hat.“

„Aber Perla hat immer an der Wand gekratzt“, setzte Sporty fort, „also habe ich mit dem Schraubenzieher ein Stück aus der Wand gebrochen.“ Nach einem kurzen Blick auf Sophie, die das innere Summen schon spürte, grinste er. „Und du weißt bestimmt auch, wo wir etwas gefunden haben.“

Sophie ging sofort zu der inneren Wand, die zum Flur zeigte und nahm das Holzstück zur Seite, das einen Hohlraum verdeckte.

Oma Laura, die hinter ihr stand, drängelte sich vor und zog einen stabilen Holzkasten aus dem Versteck. In ihm lagen sorgfältig verpackt, zwei Miniaturgemälde, fünf bemalte Porzellandöschen und

jede Menge Schmuck. Nachdem sie alles auf die breite Fensterbank gepackt hatten, betrachteten sie es andächtig.
„Müssen wir jetzt die Polizei rufen?“ Fritzi flüsterte, weil sie sich sorgte, dass die dann alles mitnehmen würde.
Sophie schüttelte den Kopf. „Ich informiere erstmal meine Kontakte bei der Versicherung, um zu erfahren, was davon bei ihnen gelistet ist. Solange wir nicht wissen, ob die Sachen überhaupt etwas wert sind, warten wir ab. Wem gehörte denn die Wohnung?“
„Ich frage Onkel Mats“, rief Sporty schon auf dem Sprung. Nach wenigen Minuten kam er zurück.
„Das war ein Professor Doktor Schneider. Der hat hier alleine gelebt und keine Erben. Die Wohnung wird von der Stadt geräumt, sagt Onkel Mats.“
Laura, die sich bisher im Hintergrund gehalten und nur die gefundenen Schätze ausgiebig fotografiert hatte, meldete sich jetzt.
„Falls das Diebesgut ist, war es der Professor vermutlich nicht. Warum hätte er es verstecken sollen? Aber vor ihm haben andere hier gewohnt und das sollten wir herausfinden. Den Schmuck könnte Stellas Bekannte, die Designerin, der wir bei dem Loch in der Wand geholfen haben, bestimmt besser bewerten können, als wir.“
Sophie nickte abwesend und betrachtete noch die Miniaturen.
„Ich hatte dieses Jahr schon zwei von diesen winzigen Gemälden, aber wie von Tischbein sehen diese nicht aus. Meinst du Stella

könnte das genauer beurteilen?“

Laura sah noch einmal auf diese grazilen Kunstwerke und grinste dann. „Stella wahrscheinlich nicht, aber Adrian, ihr neuer Lover, kann das.“

Sophie schüttelte den Kopf. „Omi, bei euch passiert offensichtlich mehr als bei den meisten jungen Leuten. Habt ihr irgendwelche Geheimtipps?“

Laura lächelte zwar geschmeichelt, warf dann aber einen vorsichtigen Blick auf Sporty und Fritzi, die gespannt zuhörten und schüttelte den Kopf.

„Die verrate ich dir dann, wenn du sie wirklich brauchst. Nehmen wir die Sachen erst mal mit zu uns?“

Als Sophie nickte, begann Laura die Sachen wieder behutsam zu verpacken und erneut in die Kiste einzusortieren.

„Kriegen wir auch wieder eine Belohnung?“ Fritzi fragte vorsichtig, auch wenn ihr Bruder sie zurückhalten wollte.

Sophie lächelte, sie kannte den Eifer, mit dem diese Kinder ihre Sparkonten füllten, um aus eigener Kraft reich zu werden.

„Wenn diese Sachen so wertvoll sind, wie ich glaube, dann ist für die Wiederbeschaffung auch eine Belohnung ausgesetzt. Und ihr habt sie schließlich gefunden, also steht sie euch auch zu. Aber wie viel das sein wird, müssen wir abwarten.“

Sporty, dem die Frage peinlich war, zog seine Schwester zur Seite, aber die schüttelte ihn ab. „Sophie weiß, dass ich kein Raffzahn bin, ich will doch nur, dass Felix von Plant-for-the-Planet noch mehr Geld für neue Bäume bekommt."

Am nächsten Tag gaben sich die Besucher bei Sophie und Laura fast die Klinke in die Hand. Zuerst erschien Solveig Soledo, die beim Anblick der Schmuckstücke, die Laura in Sophies Büro auf einer weichen Decke ausgebreitet hatte, vor Begeisterung fast in Tränen ausbrach. „Das ist garantiert von Bulgari. So etwas kenne ich bisher nur von den Fotos aus dem Lehrbuch."
„Ich dachte immer Bulgari macht Parfüm", murmelte Laura, aber Solveig schüttelte den Kopf und zeigte auf eine Kette.
„Parfüm und Kosmetik haben sie erst später aufgenommen. Am Anfang war Schmuck. Und das hier ist absolut typisch für Bulgari, ihr Design ist stark am Jugendstil orientiert. Sie haben als erste Platin mit Diamantmustern und farbigen Edelsteinen, wie Saphiren, Smaragden und Rubinen kombiniert."
Vorsichtig berührte sie eine Kette. „Und hier, auch das gibt es nur bei Bulgari, eine Halskette, die wandelbar ist, aus der man auch ein Armband oder eine Brosche machen kann. Damit war die Firma wirklich berühmt. Sophia Loren, Elizabeth Taylor und Romy Schneider haben Bulgari-Schmuck getragen. Was das heute wert ist kann ich nicht sagen, ich kann nur staunen."
Sie sah immer noch erschüttert über den ausgebreiteten Schmuck und zog dann mit einem Freudenschrei noch einen Ring aus der

Auswahl. „Das ist ein Trinity-Ring von Cartier, auch ein Klassiker. Wollt ihr ein Museum eröffnen?“

Laura lachte und klärte Solveig darüber auf, unter welchen Umständen dieser Schatz gefunden wurde. Die reagierte nachdenklich. „Vor einigen Jahren wurde eine große Schmuck-Sammlung gestohlen, man hat den Täter auch verurteilt, aber die Beute wurde nie gefunden. Wenn das die gleichen Stücke sein sollten, das wäre ja fantastisch!“

Sophie, die sehr aufmerksam zugehört hatte, stürzte sofort an ihren Computer, um zu recherchieren. Während sie sich noch eifrig durch die Nachrichten arbeitete, erklärte Laura gerade Stella und Adrian, die nach der Designerin gekommen war, die Situation und bat um eine Erstbewertung,

Adrian, ein ehemaliger Professor für Kunstgeschichte, betrachtete die Miniaturen ehrfürchtig. Obwohl er schon weiße Handschuhe trug, wagte er kaum sie zu berühren. „Ich hatte nicht erwartet so etwas jemals in echt zu sehen. Das sind persische Miniaturen, vermutlich aus dem 14. oder 15. Jahrhundert, genauer kann man das ohne Analyse nicht sagen. Solche Malereien sind äußerst selten, weil ja dort eher die kunstvolle Schrift  zählte. Die Tabatieren sind zwar auch schön, aber die Miniaturen sind wirklich etwas Besonderes! Wie macht ihr das nur? Stella hat mir schon so viel von euren spannenden Abenteuern erzählt. Schön, dass ich jetzt auch dabei sein kann.“

„Willkommen im Club!“ Laura begrüßte ihn herzlich und dankte ihm für seine Bewertung. Als er sich umwandte, zeigte sie Stella anerkennend den erhobenen Daumen.
Auch Sophie bedankte sich, während sie ihre Notizen ergänzte. „Wenn wir das gestern gewusst hätten, wäre die Polizei gleich vor Ort gewesen. Ich muss sofort Felix informieren, damit er das Einbruchs-Dezernat anruft, sein Freund kann dann alles veranlassen. Wahrscheinlich werden sie auch die Wohnung noch mal ansehen und wenn das, was ich jetzt gelesen habe stimmt, dann muss auch noch ein Justizirrtum korrigiert werden.“
Nachdem Stella und Adrian gegangen waren, telefonierte Sophie noch mit der Versicherung, während Oma Laura für sich einen winzigen Espresso und für ihre Enkelin einen Latte Macchiato zubereitete und sich dann ganz gespannt an den Schreibtisch setzte. Sophie dankte ihr lächelnd.
„ Omi, deine Fotos waren sehr gut. Die Versicherung hat sie geprüft und da ist einiges dabei, was sie bereits entschädigt haben. Also ist das, was die Kids gefunden haben eindeutig Diebesgut, das offensichtlich vergessen wurde.“
Laura schüttelte den Kopf. „Wer vergisst denn solche Schätze?“ Dann wurde sie erneut aufgescheucht, als die Ermittler vom Einbruchs-Dezernat klingelten.
Nachdem alle Kostbarkeiten sichergestellt waren und Sophie und ihre Großmutter alle Fakten übermittelt hatten, schloss Oma Laura

die Eingangstür hinter den Polizisten.
„So und jetzt ist der 3. Advent, wo sind die Plätzchen und wer singt die Weihnachtslieder?“
Da klingelte es erneut. Genervt drehte sie sich zur Tür.
„Haben Sie noch etwas vergessen?“, rief sie, während sie die Tür aufriss, um kurz danach Markus um den Hals zu fallen, der mit Nikolausmütze und einer großen Schüssel Plätzchen vor der Tür stand.
„Ich würde ja auch singen, aber dann auf deine Verantwortung!“
Und so wurde es doch noch ein bemerkenswerter 3. Advent.

Am folgenden Mittwoch lauschten die Krimifrauen höchst interessiert Lauras Schilderungen. „Diese Kids haben echt ein Näschen für besondere Sachen. Stella kann das bestätigen, sie hat diese Kostbarkeiten gesehen.“
Nachdem Stella bestätigend genickt, aber alle weiteren Fragen nach dem Zusammenhang mit einer Handbewegung abgewiesen hatte, setzte Laura fort. „Der Hintergrund des Falles ist auch sehr interessant, denn in der Wohnung hat ein Professor Schneider ohne irgendwelchen Anhang gelebt. Ich glaube nicht, dass er der Täter gewesen ist, denn dann hätte er sich eher an den Schätzen erfreut und sie nicht in der Wand versteckt.“
Die Frauen nickten zustimmend.
„Aber Solveig hat den Raub einer Schmucksammlung erwähnt und

dass auch jemand dafür verurteilt wurde“, warf Stella ein.
„Genau“, setzte Laura fort. „Sophie hat Informationen darüber gefunden, dass die Villa eines reichen Kunstsammlers vor fünf Jahren beraubt wurde. Es gab mehrere Verdächtige, einer davon ist bei der Verhaftung zu Tode gekommen und zum Schluss hat man einen Mann von der beauftragten Sicherheitsfirma verurteilt. Bis zum Schluss der Verhandlung habe er seine Unschuld beteuert, sagt Sophie und die Beute tauchte ja auch nicht auf, bis jetzt.“
„Hat der Mann denn vor Schneider in der Wohnung gewohnt oder hatte er dort vielleicht ein Bratkartoffel-Verhältnis?“
Christiane, die früher als Lehrerin gearbeitet hatte, lehnte sich interessiert vor, hatte aber auch schon die Karten mit den W-Fragen in der Hand.
„Darf ich mal fragen was ein Bratkartoffel-Verhältnis ist? Das habe ich ja noch nie gehört.“ Emilia, die ehemalige Psychologie-Dozentin sah ratlos in die Runde, da gab es aber nur grienende Gesichter.
„Darunter versteht man gelegentlichen Sex in Verbindung mit reichhaltigem Essen. Vielleicht auch eher Essen statt dessen“, grinste Laura. „Aber zurück zu unserem Fall. Wer vorher in der Wohnung gewohnt hat, wissen wir nicht, aber ich finde, wir sollten das ermitteln. Denn wenn der Verurteilte keine Verbindung zu diesem Versteck hat, ist er unschuldig und ein anderer hat diese Beute vergessen.“

„Um welche Straße, um welches Haus geht es denn überhaupt?“ Claire, die früher ein Reisebüro leitete, schnipste schon wieder mit den Fingern, wie immer wenn sie aufgeregt war. „Wir haben bisher immer eingegriffen, wenn jemandem Unrecht geschieht und wenn dieser Mann wirklich unschuldig ist, dann sollte er schnell freikommen, damit er Weihnachten bei seiner Familie sein kann.“

Laura sah auf ihre Notizen. „Ich war am Samstag schon mal da. Es ist ganz in der Nähe, in der Lützow-Straße 12, diese schönen, alten Geschäftshäuser, unten sind Läden und oben Wohnungen.“

„Dann könnten wir doch anschließend gleich dort vorbeigehen“, schlug Christiane vor.„Ich wollte sowieso noch in dieser Straße in den ganz bezaubernden *Schoko-Laden*, der im Nebenhaus ist. Dort verkauft eine Frau sündhaft tolle Schokolade, die vor vielen Jahren mal eine meiner ersten Schülerinnen war. Wer noch was zu Weihnachten braucht, für den lohnt es sich wirklich dorthin zu gehen und nicht nur zu schnuppern, man darf dort auch kosten.“

„Wie lange hat sie denn den Laden schon?“

Laura prüfte gleich ihre nächsten Termine. Während Christiane noch überlegte, meldete sich Antonia, die frühere Krankenschwester. „Ich bin auch dafür gleich zu gehen, ich kenne jemanden aus dem Nebenhaus auf der anderen Seite. Wir könnten uns aufteilen und dann alle im *Schoko-Laden* treffen und aufwärmen.“

„Also den *Schoko-Laden* gibt es seit sieben Jahren garantiert“, ergänzte Christiane ihre Informationen. „Wenn da irgendetwas Spek-

takuläres gewesen wäre, weiß das die Chefin."
Also schwärmten die Krimifrauen aus und taten das, was sie jedem polizeilichen Ermittler und jedem Privatdetektiv voraus hatten, sie sammelten Klatsch und gleichzeitig wichtige Fakten.
*Bei netten alten Schachteln,* ließ schon Agatha Christie ihre Miss Marple sagen*, achten die Leute nicht so genau darauf, was sie sagen, weil nette alte Schachteln als harmlos gelten.*

Was die Krimifrauen natürlich nicht waren, wie Laura später in Sophies Büro berichtete, nachdem sie ungefähr fünf Tüten mit wunderbar duftender Schokolade in ihrem Schlafzimmer versteckt hatte. „Vor Professor Schneider wohnte in dieser Wohnung eine Musiklehrerin, die Marianne Jannasch hieß. Sie wohnte dort mit ihrem erwachsenen Sohn Willibald, besser bekannt unter dem Namen Diamanten-Willi."
„Das ist doch einer der Verdächtigen", rief Sophie und wühlte in ihren Unterlagen. „Hier steht es, er wurde festgenommen und noch während der juristischen Belehrung, bekam er einen Herzinfarkt und ist nach zwei Tagen im Krankenhaus verstorben."
„Genau, die Mutter ist dann zu ihrer Tochter nach Schleswig gezogen, vielleicht auch, weil die Atmosphäre bei den Leuten dort ein wenig aufgeheizt war. Diamanten-Willi hat wohl nicht nur große Raubzüge geplant, sondern auch ständig in den umliegenden Geschäften geklaut."

„Damit ist klar, wieso diese Beute vergessen wurde und dass der Verurteilte wirklich unschuldig ist. Ich rufe gleich die Versicherung an, die haben einen guten Draht zur Staatsanwaltschaft."
Laura nickte zustimmend und erhob sich, um das Abendessen vorzubereiten, obwohl sie keinen richtigen Hunger verspürte, schließlich hatten sie alle Schokoladensorten gekostet, um die besten zu finden. Alles nur für die Familie!
„Ich bin gespannt, was jetzt passiert. Wenn der Mann noch zu Weihnachten zu seiner Familie kann, ist das ein echtes Happy End, aber es wird eine Menge Staub aufwirbeln."

Mit dieser Vorhersage lag Oma Laura genau richtig. Die Justiz ließ sich zwar nicht drängen, aber die Zeitungen überschlugen sich fast. Einen solchen Fund hatte es schon lange nicht mehr gegeben und dann waren auch noch zwei Kinder die Entdecker.
Schon das ließ sich gerade in der Weihnachtszeit hervorragend verkaufen. Und dann noch ein Unschuldiger, der frei kommen würde, das füllte die bunten Blätter erneut.
Bisher hatte Fritzis und Sportys Dad alle Interviewanfragen für seine Kinder abgelehnt, aber als die beiden sogar auf der Straße bedrängt wurden, änderte er seine Haltung. Er gab seine Erlaubnis für ein einziges Interview, das gemeinsam mit Onkel Mats in der Wohnung stattfand, in der die Beute gefunden wurde.
Die Kids waren sehr aufgeregt, immerhin war nicht nur die Lokal-

zeitung, sondern sogar das Fernsehen da.
„Ihr müsst sehr stolz auf euch sein“, begann der erste Frager. „Erzählt doch mal, wie ihr hier den Schatz gefunden habt.“
Fritzi lächelte und strich ihrer Hündin über den Kopf. „Das waren wir gar nicht, das war unsere Perla. Die hat einen besonderen Spürsinn für Schätze.“
„Du willst uns doch wohl nicht erzählen, dass dein Hund riechen kann, wo ein Schatz liegt?“ Der zweite Frager klang schon ziemlich aggressiv und Fritzi wollte Perla verteidigen.
„Natürlich kann sie das und das hat sie auch schon oft bewiesen.“ Und dann ratterte sie aus dem Gedächtnis alle Fälle herunter, bei denen Perla ihre Fähigkeiten unter Beweis gestellt hatte. Sporty zupfte sie am Ärmel und versuchte sie zurück zu halten, weil er Böses ahnte, aber Fritzi konnte nicht anders, sie musste ihren Wunderhund verteidigen.
Deshalb schilderte sie begeistert weiter, dass Perla immer die richtige Stelle finden würde. Sie ließ sich sogar auf einen Test ein, bei dem die kleine Hündin eine Handvoll Münzen, die einer der Reporter unter einem Tisch deponiert hatte, sofort aufspürte.
Die Journalisten waren schließlich ebenso begeistert wie sie und brachten das auch in ihren Reportagen und Artikeln zum Ausdruck. Fritzi war einfach glücklich darüber, wie ihre kluge Perla jetzt anerkannt und bewundert wurde.
Noch am Tag danach sprudelte sie über vor Begeisterung, bis es

fast zu einen richtigen Krach zwischen Sporty und seiner *gepatchten* Schwester gekommen wäre.

„Hast du mal darüber nachgedacht, dass jeder gerne so einen Wunderhund hätte und dass Verbrecher sie entführen könnten?“

Er warf ihr das wütend vor, nahm sich aber zurück, als er sah, dass sie blass wurde. „Ich weiß du bist stolz auf Perla, ich finde sie auch toll. Aber was sie alles kann, muss ein Familiengeheimnis bleiben. Höchstens die anderen Detektive und Oma Laura dürfen das wissen. Andere nicht!“

Fritzi war nachdenklich geworden. „Du hast recht, daran habe ich nicht gedacht. Hoffentlich habe ich sie nicht in Gefahr gebracht.“

Bis zum 4. Advent blieb jedoch alles ruhig. Als aber zu Beginn der Weihnachtswoche der zu Unrecht Verurteilte endlich frei kam, überschlugen sich die Zeitungen erneut mit rührenden Stories.

Am folgenden Mittwoch trafen  sich die Krimifrauen ein letztes Mal vor den Feiertagen im *Café Schokohimmel.*

Nachdem alle Lettys Köstlichkeiten genossen hatten, las ihnen Laura den Brief vor, den der Freigelassene an Sophie geschickt hatte und in dem er sich für ihre Mitwirkung über die Versicherung bedankte. Auch die Frauen waren gerührt.

„Was für ein schöner Abschluss eines Falles so kurz vor Weihnachten“, seufzte Luisa, als plötzlich Lauras Telefon klingelte.

Sporty meldete sich aufgeregt. „Oma Laura, sie haben Fritzi und

Perla entführt! Wir müssen doch was machen, ich weiß aber nicht genau was!“
Auch wenn es Laura sehr naheging, immerhin gehörten die *Kleinen Detektive* schon fast zur Familie, schaltete sie sofort in den Detektiv-Modus. „Soll ich die Polizei informieren oder hast du…“
„Ja, ich habe die 110 angerufen, aber die wollen mit einem Erwachsenen sprechen. Meinem Dad und meiner Matka habe ich eine Nachricht geschickt.“
„Gut, dann mach dich auf den Weg, wir treffen uns bei Sophie.“
Nachdem sie die anderen Frauen informiert hatte, war klar, dass jetzt keine nachhause gehen würde.
Laura informierte anschließend Sophie und Felix, damit alles Notwendige veranlasst werden konnte. Schon im Hinausgehen erklärte sie. „Wir richten bei mir eine Kommandozentrale ein, aber jemand muss auch mit Fritzis Eltern reden.“
„Das übernehme ich“, rief Antonia. „Ich kenne Britt noch vom Krankenhaus. Am besten bleibe ich dort, falls telefonisch Lösegeld oder etwas Ähnliches verlangt wird.“
Bei Sophie fanden die Frauen einen ziemlich aufgebrachten Sporty vor, der wütend vor sich hin schimpfte. „Wenn sich dieser blöde LKW nicht dazwischen geschoben hätte…“
„Moment“, rief Laura. „Erzähl uns das der Reihe nach. Was ist passiert?“
Sporty holte tief Luft. „Ich kam mit meinem Fahrrad aus der Kel-

lertür, da sah ich ein Auto auf der Straße gerade anfahren. Perla hat wütend gebellt und an der Autotür waren nur noch Fritzis Beine zu sehen. Dann wurde sie rein gezogen. Die Schweine haben sie entführt! Ich bin ihnen sofort gefolgt, sie fuhren in Richtung Gewerbegebiet, aber dann kam dieser blöde LKW und hat mich abgedrängt."

Wütend trat er mit dem Fuß gegen den Stuhl, sah aber sofort erschrocken zu Oma Laura, die sich davon nicht aus der Ruhe bringen ließ.

„Hast du irgendeine Ahnung, warum jemand deine Schwester entführen sollte?"

Sporty nickte weise. „Ich hatte schon so ein ungutes Gefühl bei dem Interview. Vermutlich geht es gar nicht um Fritzi, die wollten Perla. Wahrscheinlich will irgendein Gauner auch eine versteckte Beute finden."

Laura sah nach dieser Überlegung nur ratlose Gesichter in der Runde. Jemand, der eine versteckte Beute sucht, das könnte wahrscheinlich auf einige zutreffen. Aber wie sollten sie das ermitteln?

Schließlich räusperte sich Emilia. „Sporty, du hast doch das Auto gesehen, kannst du es auch beschreiben?"

„Ja klar, es war ein weißer Transporter, so ein Auto, mit dem man ziemlich viele Sachen wegbringen kann."

„Und hatte es auch ein Firmenzeichen oder ein Logo?"

„Ja klar." Dann unterbrach er sich, um sich frustriert durch seine kastanienbraunen Locken zu fahren. „Verdammt, ich wusste es, aber jetzt ist es weg. Das Nummernschild war beschmiert, da konnte man sowieso nichts erkennen. Aber dass es eine Firma war weiß ich noch, aber mehr nicht.“ Schuldbewusst sah er Emilia an, als seien jetzt alle Chancen, Fritzi zu retten, schon verloren.

Zum Glück kannte sich Emilia mit diesem Phänomen, das häufig bei Prüflingen auftritt, sehr gut aus.

Sie gab Laura ein Zeichen und zog sich mit Sporty in die Küche zurück, wo sie ihm einen heißen Kakao zubereitete und ihn nebenbei über sein Rennrad ausfragte. Gerade als sie noch zu Weihnachtsplätzchen als letzte Ablenkung greifen wollte, platzte es regelrecht aus Sporty heraus. „*Blitzblank* heißt die Firma, ich wusste es doch! Sie haben eine gelbe Sonne auf dem weißen Auto und dazu die Schrift in Blau.“

Bei dieser Nachricht atmeten in Sophies Büro alle auf. Während Sophie die Anschrift der Firma googelte, klingelte es Sturm und Betty, Lissy, Ben und Noddy, die restlichen *Kleinen Detektive,* stürmten herein.

Lissy schob ihr winziges, weißes Hündchen Hagrid vor. „Oma Antonia hat uns Bescheid gegeben. Wir brauchen doch jetzt einen Spürhund und er wird Perla bestimmt finden.“

Genau in diesem Moment meldete sich auch Antonia selbst am Telefon. „Die Polizei ist inzwischen bei der Familie eingetroffen. Bis jetzt gehen sie immer noch davon aus, dass das Mädchen weg-

gelaufen sei, weil es keine Lösegeldforderungen gibt."
Laura verdrehte die Augen bei dieser Einschätzung und informierte Antonia nur kurz. „Wir haben einen Verdacht, wollen aber erst sichergehen. Sobald wir genau wissen, wo Fritzi steckt, melden wir uns wieder."
Sophie hatte inzwischen zwei Adressen dieser Firma gefunden, von denen sich eine tatsächlich im nördlichen Gewerbegebiet befand.

Also fuhren alle in diese Richtung, die Frauen in vollgepackten Autos, die Kids mit ihren Fahrrädern, während Sophie die Stellung hielt, um später die Streife zu alarmieren.
Als die Krimifrauen und die Kids endlich ankamen, war es schon ziemlich dunkel, nur eine einzelne Straßenlampe warf einen schwachen Schein. Gut, dass Laura an Taschenlampen gedacht hatte, die etwas heller leuchteten, als die Handys der Kids.
Zur Firma gehörten drei flache Gebäude, die alle menschenleer schienen, denn aus keinem der Fenster drang irgendein Lichtschein.
„Wo fangen wir an?", überlegte Laura. „Wir müssen alle Gebäude überprüfen."
„Oder wir suchen Perla." Lissy schob ihr Hündchen nach vorne und feuerte es an. „Komm Hagrid, such Perla!"
Das weiße Hündchen sah sich eher ängstlich um und bellte leise.
Als aber dann eine deutliche Antwort von Perla kam, sprintete es so schnell zum mittleren Gebäude, dass ihm die anderen kaum folgen

konnten, vor allem nicht die Frauen, die mit ihren eleganten Schuhen vom Cafébesuch auf dem vereisten Boden eher rückwärts rutschten, als vorwärts kamen.

Die *Kleinen Detektive* hatten sich sofort nach Bens Handzeichen um das Gebäude verteilt und versuchten in die Fenster zu spähen, die abgehängt oder durch Möbel blockiert waren.

Sporty, der Größte, war der einzige, der etwas erkennen konnte, aber was er sah, ließ ihn jubeln.

Fritzi war gerade dabei, einen Mann mit einem gezielten Karateschlag kampfunfähig zu machen, während Perla sich in die Knöchel des zweiten verbissen hatte.

„Wir greifen an, sofort! Alle Mann rein, Fritzi braucht Hilfe!"

Als es die Frauen schließlich geschafft hatten, unfallfrei den Vorplatz zu überqueren, klatschten sich gerade sechs siegreiche Kids ab, während zwei Männer in ramponiertem Zustand am Boden lagen. Laura atmete innerlich auf, grinste dann aber und fragte nur der Form halber. „Wollt ihr sie nicht fesseln?"

Sporty drehte sich um und sah die beiden verächtlich an.

„Nicht nötig! Fritzi und ich haben sie kampfunfähig gemacht. Weglaufen können die nicht mehr."

Durch den Lärm, mit dem die Kinder und die Hunde ihren Sieg feierten, hätten sie beinahe die Ankunft der Polizei überhört, die Sophie nach Lauras Anruf informiert hatte.

Diesmal kam aber Felix mit einem Kollegen, was den gesamten

Ablauf erleichterte. Nachdem die beiden Kidnapper bereits im Auto saßen und von Felix Kollegen bewacht wurden, bekam Fritzi noch die Gelegenheit, ihre Version der Ereignisse zu erzählen.
„ Da war ein Auto auf der Straße und ein Mann hat nach dem neuen Bahnhof gefragt. Den kenne ich nicht und als ich ihm das gerade sagen wollte, hat der andere Perla geschnappt. Ich habe mich sofort auf ihn gestürzt, aber sie haben mir einen Sack über den Kopf gezogen. Das war's dann."
„Haben sie dich gehauen?" Sporty war besorgt, aber Fritzi grinste nur.
„Sie haben mir nichts getan, weil wir für sie ein Versteck finden sollen. Ihr Chef wurde festgenommen, bevor er die Beute verteilt hat. Jetzt sitzt er im Gefängnis und sie wollten sich die Diamanten schnappen. Ich wusste nicht, wo sie uns hingebracht haben, aber als ich Hagrid gehört habe, wusste ich, dass ihr kommt."
Während Fritzi noch erzählte, scrollte Felix auf seinem Tablet.
„Das war möglicherweise der Überfall auf einen Werttransport vor zwei Jahren. Es gab 3 Verdächtige, aber einer hat die Schuld auf sich genommen. Und zum Dank dafür wollten sie ihn jetzt reinlegen. Na ja, auf die Ganovenehre ist auch kein Verlass mehr."
Er stand auf, aber Laura hielt ihn noch zurück. „Und hat Perla hier überhaupt etwas finden können?"
Jetzt strahlte Fritzi über das ganze Gesicht. „Natürlich! Aber wir haben es ihnen nicht verraten."

Dann gab sie Perla ein Zeichen und die ging zielgerichtet zu einem der großen Balken, die die zwei Räume teilten und bellte auffordernd. Felix begann solange an die Verkleidung des Balkens zu klopfen, bis es hohl klang. Mit einem Taschenmesser öffnete er die geschickt eingesetzte Klappe und zog unter dem Jubel der Kids und der Krimifrauen einen Beutel Diamanten hervor.

Mit diesem Fund konnte die Polizei schon wieder einen Fall erfolgreich abschließen. Aber wie das gelungen war, blieb für lange Zeit geheim.

Nachdem Fritzi und Perla wieder wohlbehalten zuhause waren, verzichteten die Krimifrauen auf die übliche Siegesfeier und freuten sich auf ein geruhsames und entspanntes Weihnachtsfest. Sie würden sich erst im neuen Jahr und dann mit neuen Abenteuern wiedersehen. Es sei denn, es gäbe einen neuen spannenden Fall!

## Die diebische Elster

„Omi, sagt dir Hildas schnelle Eingreiftruppe irgendetwas?"
Laura Graf betrat nach der lautstark gerufenen Frage ihrer Enkelin deren Büro.
Eigentlich befand sie sich noch im Weihnachtsurlaub, obwohl das Fest leider schon vorbei war. Wie jedes Jahr zögerte sie immer etwas länger, den Weihnachtsschmuck zu entfernen, weil damit alles so gemütlich wirkte. Sie sah sich im Büro von Sophies Detektei kritisch um. Natürlich war alles Weihnachtliche schon verschwunden und Sophie offensichtlich schon wieder in einer neuen Ermittlung. Aber doch nicht ohne sie!
Neugierig trat sie näher und setzte sich auf die andere Seite des Schreibtisches. „Luisa kennt eine Hilda, die früher Redakteurin bei unserer Lokalzeitung war. Stimmt, ich erinnere mich, sie hat mir erzählt, dass es eine Gruppe gibt, die bei Ungerechtigkeiten eingreift,  das finde ich sowieso Spitze! Aber warum fragst du?"
Sophie hatte diese Reaktion schon erwartet und lächelte nur.
Denn auch ihre Großmutter hatte diesen unbändigen Drang, alle Hebel in Bewegung zu setzen, wenn jemandem Unrecht zugefügt wurde.
Und meistens gelang ihr das, gemeinsam mit den sechs anderen Krimifrauen, auch sehr gut. Sie schaute wieder auf ihre Notizen.
„Katharina Görlich, eine Anwältin, hat mich beauftragt. Es geht um

ein Altenheim, in dem sich in den letzten zwei Monaten die Diebstähle derartig häufen, dass sich Hildas Gruppe damit befasst hat. Sie haben alle möglichen Kontrollen und Überwachungen veranlasst, aber nichts erreicht. Frau Görlich sagt, die Situation sei hochdramatisch, da es hauptsächlich um wertvollen Schmuck oder andere wichtige Erinnerungsstücke geht, deren Verlust für diese Menschen unerträglich ist."

„Hatten Sie vor zwei Monaten Neuzugänge?"

Sophie sah erstaunt hoch. „Du denkst, es wäre ein Fall von grauer Kriminalität? Ich hatte eher Angestellte oder Besucher im Verdacht."

Laura schüttelte vehement den Kopf, strich dann aber ihre silberblau getönten Haare wieder glatt. „Das haben sie bestimmt als erstes geprüft und die Angestellten kontrolliert."

Sophie, die ihre Notizen durchforstete, nickte.

„Und Besucher", setzte Laura fort, „kommen nicht ohne weiteres in die Zimmer. Außerdem müssten sie vorher wissen, wo was zu holen ist. Und das kann nur ein Insider. Du darfst die Bewohner nicht unterschätzen, alt muss nicht gleichzeitig harmlos bedeuten. Das siehst du ja schließlich an uns."

Sophie lachte. „Das stimmt Omi. Harmlos seid ihr nicht, aber doch gesetzestreu."

„Überwiegend ja." Laura zwinkerte ihr zu, wurde dann aber wieder ernsthaft. „Wie willst du vorgehen?"

Sophie runzelte unschlüssig die Stirn. „Zunächst will ich mich mit dieser Hilda und der Anwältin treffen, um zu erfahren, was genau sie bisher veranlasst haben. Wenn sie schon Verdächtige haben sollten, könnte ich mit meiner Fähigkeit sehr schnell herausfinden, wer lügt."

Insgeheim war Sophie auch ein wenig stolz darauf, dass sie die gleiche Fähigkeit besaß, die Agatha Christie, Miss Marples Tante zugeschrieben hatte, nämlich Lügen am Geruch zu erkennen.

„Aber wenn sie keine Verdächtigen haben, dann brauchst du jemanden Undercover vor Ort. Und ich weiß auch schon wen."

Laura grinste bereits voller Vorfreude, aber Sophie zögerte noch.

„Lass mich morgen erstmal das Gespräch führen und die Zugänge im Heim prüfen. Dann sehen wir weiter."

Leider ergab dieses Gespräch sehr wenig. Sophie war zwar beeindruckt von Hilda, deren Agilität und schnelles Schlussfolgern sie sehr an ihre eigene Großmutter erinnerte.

Auch Hilda strich ihre blausilbernen Haare zurück, bevor sie sprach und ihre Argumente und Einwände waren Lauras sehr ähnlich.

„Wir haben diese ganze Sache unterschätzt", erzählte sie, als sie mit Sophie und Katharina Görlich im Büro der Heimleiterin, Frau Brüning, saßen. „Mir liegt dieses Heim sehr am Herzen, nicht dass ich es mit 83 schon brauchen würde, aber wenn, dann wäre es meine erste Wahl. Das war nicht immer so. Kati und ich haben dafür

gesorgt, dass die kriminellen Elemente, die früher hier das Sagen hatten, abgelöst wurden. Seither hatten wir fast paradiesische Zustände. Bis vor zwei Monaten zum ersten Mal Verluste gemeldet wurden. Was war zuerst?“
Dabei sah sie Frau Brüning an, eine rundliche Brünette, die wegen der Vorgänge sichtlich unglücklich war. „Ich habe alles genau erfasst. Am Anfang dachte ich, die alte Dame habe einfach ihren Schmuck verlegt, so etwas kommt ja oft vor. Aber als sie mir dann erzählt hat, dass die Kette von Boucheron sei, wurde ich hellhörig. Ich musste zwar erst im Netz recherchieren, aber seitdem weiß ich dass diese Y-Kette zur Kollektion Quatre gehört und wahrscheinlich mehrere Tausend Euro wert ist.
Für die Frau aber, ist es die letzte Erinnerung an ihren verstorbenen Mann, den sie sehr geliebt hat. Sie war deswegen todunglücklich. Am nächsten Tag verschwand eine Breitling-Uhr, wieder hochpreisig von 3.000 aufwärts. Deshalb habe ich darum gebeten, wertvolle Dinge im Tresor zu deponieren, aber jemand, der seine Erinnerungsstücke gerne um sich hat, missachtet leicht die Gefahr. Bis jetzt sind 6 Ketten, 5 Ringe, 2 Armbanduhren, 2 Armbänder und 3 Broschen verschwunden.“
Sie schob Sophie eine Liste der Gegenstände mit dem Tag des Verschwindens zu. „Ob das alles wertvolle Dinge waren, können wir nicht sagen“; setzte Hilda fort.
Aber Sophie winkte nur ab. „Das wissen die Versicherer ziemlich

genau. Da kann ich das leichter erfahren. Was ist denn noch veranlasst worden? Was hat die Polizei gesagt?“
„Sie haben den Fall aufgenommen, waren aber sehr vorsichtig, was die Erfolgsaussichten betrifft. Wir haben uns daher erst mal auf unsere Möglichkeiten konzentriert“, berichtete die Anwältin.
„Die Angestellten wurden schon bei der Einstellung geprüft, aber jetzt haben wir das noch einmal wiederholt. Wir haben auch die Firmen beleuchtet, die hier regelmäßig arbeiten, also Fensterputzer, Dachdecker, Gärtner und ähnliches. Da gibt es einfach nichts Verdächtiges.“
„Wir haben sogar einmal Taschenkontrollen bei den Beschäftigten gemacht“, ereiferte sich Frau Brüning. „Das hat uns nichts als ziemlichen Ärger beschert. Es muss möglichst schnell etwas passieren, aber ich weiß nicht, was wir noch tun könnten. Einige Heimbewohner haben schon angedeutet, in andere Heime wechseln zu wollen, obwohl die Versicherungen bisher sehr kulant waren.“
Sophie schaute unschlüssig über ihre Unterlagen. „Wie viele Neuzugänge gab es denn vor zwei Monaten?“
Die drei sahen sie entsetzt an. „Sie glauben doch nicht, dass jemand von den alten Herrschaften so etwas macht?“ Frau Brüning keuchte erschrocken auf.
Sophie lächelte nur. „Die Anzahl der Straftaten in der sogenannten grauen Kriminalität steigt seit Jahren. Es sind zwar meist nur Bagatellfälle, aber Diebstahl kommt am häufigsten vor.

Wir dürfen das nicht außer Acht lassen."
„Gut, Sie bekommen die Namen und auch das Aufnahmedatum so schnell wie möglich von mir." Frau Brüning war zwar immer noch konsterniert, würde aber alles unterstützen, was die Ruhe in ihre Einrichtung zurück bringen könnte.
Sophie bedankte sich. „Ich werde alles prüfen und dann die Versicherungen kontaktieren, damit sie mir Fotos der verschwundenen Dinge zur Verfügung stellen. Wir könnten sicher auch die Geschädigten fragen, aber ich möchte nicht, dass jemand mitbekommt, dass ich die Diebstähle untersuche. Noch eine Frage zum Schluss: Wenn es nicht anders geht, wäre es auch möglich, jemanden einzuschleusen, der hier Undercover ermitteln kann?"
Wieder sahen sie die drei Frauen an, Frau Brüning etwas misstrauisch, die Anwältin eher interessiert, aber Hilda sichtlich neugierig und animiert.
„Also wenn ich hier nicht bekannt wäre, wie ein bunter Hund, hätte ich das selbst schon getan. Mir gefällt diese Idee ausnehmend gut. Aber Sie werden sich nicht so alt schminken können, oder?"
Sophie lachte. „Nein, obwohl ich das auch schon einmal gemacht habe. Ich habe dafür sieben Spezialistinnen, unter denen ich auswählen kann."
Und dann erzählte sie von den Krimifrauen und einigen Fällen, die vor allem durch die Frauen erfolgreich gelöst wurden. Als sich Sophie schließlich verabschiedete, hatte sie die Zusage für den mögli-

chen Undercover-Einsatz sowie auch einen Stick mit der Namensliste der Neuzugänge.
Sobald am nächsten Tag die Fotos von der Versicherung kamen, bei der der größte Teil des Schmuckes der älteren Damen gelistet war, machte sie sich auf die Suche.
Bis zum Mittag hatte sie die Boucheron-Kette gefunden, ein zeitlos schönes Stück aus Gelbgold, Rotgold und Weißgold mit Brillanten. Aber dabei blieb es. Wie genau sie auch suchte, keine Ringe, keine Uhren, nicht einmal eine Brosche.
Das eindeutige Summen, das ihr sonst anzeigte, dass etwas gefunden werden sollte und welches sie ganz sicher zu der wunderschönen Kette geführt hatte, blieb für den Rest des Tages aus.
Etwas entmutigt machte sie sich auf den Heimweg.
Dieser Tag war wirklich nicht ergiebig, konstatierte sie, aber er war immerhin ein Beleg dafür, dass es möglich war, Gestohlenes aus dem Altenheim zu schmuggeln.
Ihre Laune wurde nicht besser, als sie die Neuzugänge prüfte.
Es gab nur vier. Einen 88-jähriger Mann, der nach dem Tod seiner Frau völlig hilflos war, zwei 86-jährige Frauen, die leicht dement waren und eine 90-jährige ehemalige Kammersängerin, die noch keine Pflege oder Hilfe benötigte. In keinem Fall erfolgte die Finanzierung durch das Sozialamt. Wer von denen sollte wohl an Schmuck interessiert sein und vor allem auch so geschickt, ihn unter den Augen der anderen zu stehlen?

Vielleicht müsste sie den Zeitraum früher setzen? Sie rieb sich stöhnend die Augen, die vom Starren auf den Monitor schon brannten, als Felix vom Dienst kam.
Er schaute ihr kurz über die Schulter, sah das Logo des Altenheims und zuckte übertrieben erschreckt zurück. „Es kann ja sein, dass ich in letzter Zeit unser Sexleben etwas vernachlässigt habe, aber du willst mich doch nicht deswegen schon in ein Altenheim einweisen lassen?“
Sophie lachte und umarmte ihn ausgiebig. „So schlimm ist es noch nicht und unser ganz besonderes Wochenende haben wir ja noch vor uns. Ich hoffe, du bist dazu in der Lage?“
Felix sah sie leicht beleidigt an. „Sophie-Schatz, ich bin ein Sexgott, eine wandelnde Versuchung auf zwei Beinen, wann immer du das willst. Wie kannst du so an mir zweifeln?“
Sophie gluckste zufrieden und wandte sich wieder ihrem Monitor zu, während er ihr erneut über die Schultern schaute.
„Du ermittelst in einem Altenheim? Was für ein Zufall! Gerade vorhin hat mir mein Kumpel vom Einbruchsdezernat erzählt, dass in einem Altenheim massenhaft Schmuck geklaut wurde, aber ehe sie überhaupt einen Verdächtigen hatten, hat es wieder aufgehört. Wir haben noch darüber gewitzelt, ob den Dieb der Schlag getroffen hat…“
„Oder er ist umgezogen“, unterbrach ihn Sophie. „Das ist eine Super-Idee, danke, mein Schatz.“

Und ehe Felix reagieren konnte, klappte sie ihren Laptop zu und stürzte wie ein Wirbelwind aus dem Haus. „Ich hole die Kids ab“, hörte er noch von ferne, bevor er sich kopfschüttelnd an die Vorbereitung des Abendbrotes machte.

Zwei Tage später trafen sich die Krimifrauen zu einer Sondersitzung, zwar wieder  am Mittwoch und wie immer im *Cafè Schokohimmel* im alten Bahnhof. Aber eigentlich wollten sie sich erst wieder im neuen Jahr treffen, es sei denn… Und genau dieser Fall war eingetroffen.
Im Café war auch schon alles Weihnachtliche entfernt, stellte Laura enttäuscht fest, aber Letty, die Inhaberin, hatte trotzdem eine winterlich gemütliche Atmosphäre geschaffen.
Nachdem die Krimifrauen ihre Weihnachtserlebnisse ausgetauscht und sich über unmögliche Geschenke ereifert hatten, wurde es etwas ruhiger. Nur diejenigen, die das Glück hatten, aufregende Krimis unter dem Weihnachtsbaum zu finden, erzählten noch kurze Zeit schwärmend, doch dann wandten sich die Blicke fast automatisch zu Laura.
Die lächelte verständnisvoll, erhöhte aber die Spannung noch ein wenig. „Ihr wartet sicher auf neue Nachrichten, der letzte Fall war ja noch vor dem Fest. Inzwischen haben die Kids schon ihre Belohnung für die vergessene Beute erhalten und gegen die zwei Trottel, die Fritzi und ihren Hund entführt haben, ermittelt der Staats-

anwalt.“ Sie zögerte bewusst noch einen Moment, um dann triumphierend fortzusetzen.
„Aber Mädels, wir haben einen neuen Fall! Und den werden wir nur mit vereinten Kräften lösen können, deshalb haben wir dieses Treffen zusätzlich einberufen.“
Dann berichtete sie von den Diebstählen im Altenheim in der Kaiserstraße. „Ihr könnt euch vorstellen, wie schlimm das ist, wenn die wichtigsten Erinnerungen an dein früheres Leben, an deine Jugend, an deine Liebe, an deine Familie oder an besondere Momente plötzlich verschwinden. Es ist schon sehr schmerzlich, was man alles zurücklassen muss, wenn man in ein Heim zieht. Aber das Gefühl, da bedient sich jemand an deinen liebsten Erinnerungen, um an Geld zu kommen, das finde ich einfach unerträglich. Sophie hat bereits eine Kette wiedergefunden, ein sehr schönes Stück und mindestens 5.000 wert.
Das heißt, entweder gelangt jemand von außen in die Zimmer oder jemand von den Alten stiehlt und hat einen Kontakt, der dann verkauft. Und genau das werden wir herausfinden.“
„Du glaubst doch nicht wirklich, dass alte Menschen, die in einem Heim leben, weil sie alleine nicht mehr klar kommen, andere bestehlen?“ Christiane, die ehemalige Lehrerin konnte und wollte sich das nicht vorstellen.
Aber Laura lächelte nur vergnügt. „Sophie sagt dazu graue Kriminalität, das gefällt mir. Natürlich glaube ich nicht, dass Hilfebedürf-

tige in Frage kommen, aber vielleicht jemand, der das nur vortäuscht. Älter heißt nicht automatisch harmloser! Das sind wir schließlich auch nicht."

In das Gelächter der Frauen meldete sich Emilia, die ehemalige Psychologie-Dozentin. „Wir dürfen nicht vergessen, dass auch Straftäter alt werden. Wer sein Leben lang gestohlen hat, wird damit nicht aufhören, nur weil er 85 ist."

„Aber wie sollen wir so etwas herausfinden", stöhnte Antonia, die früher Krankenschwester war. „Im Krankenhaus wird auch häufig gestohlen, aber nur selten wird so etwas aufgeklärt."

„Wir haben zwei Richtungen für die Ermittlung vorgesehen." Laura sah in ihre Notizen. „Sophie hat gestern herausgefunden, dass es so eine Art Streifzug durch die Altenheime gibt. Betroffen sind bisher 3 Einrichtungen, das Heim in der Kurfürstenstraße, das neue in der Königallee und jetzt das in der Kaiserstraße.

Bei den ersten dauerte der Spuk ganze drei Monate und hörte dann plötzlich auf. In der Kaiserstraße begannen die Diebstähle vor zwei Monaten, wir haben also nicht mehr viel Zeit. Versucht so viel wie möglich über die Diebstähle zu erfahren. Hört euch um, bei Verwandten, bei Beschäftigten oder bei Leuten in der Umgebung. Uns interessiert vor allem, wer verdächtigt wurde. Alles was wichtig ist, bitte sofort an Sophie."

Stella, die Witwe eines bekannten Malers und inzwischen mit

einem Professor für Kunstgeschichte liiert, hob überrascht den Kopf. „Wieso denn nicht an dich?“
„Weil“, und hier grinste Laura schon erwartungsvoll, „Luisa und ich Undercover ermitteln werden. Wir rücken morgen im Heim an, aber nur vorübergehend, weil unsere Wohnung vom Wasser überflutet ist und unsere Angehörigen uns dort unterbringen müssen.“
„Und das sagst du erst jetzt?“ Claire schnipste schon wieder aufgeregt mit den Fingern. „Da müssen wir euch doch bestimmt zehn Jahre älter machen, oh, das wird ein Spaß!“
„Habt ihr auch falsche Papiere?“ Emilia sah doch einige Hindernisse voraus, war aber beruhigt, als Laura auf Luisa zeigte, die den Kopf schüttelte. „Nein, die brauchen wir ja nicht, aber Luke hat uns sogar gefälschten Schmuck besorgt, damit die Langfinger nicht vergeblich suchen.“
Auch Luisa schien sich auf das Abenteuer zu freuen und war stolz auf das, was ihr Luke mit seinen Fachkenntnissen von der KTU dazu beigetragen hatte.
„Moment mal!“ Antonia, die die ganze Zeit überlegt hatte, unterbrach die Diskussion über die Ausstattung. „Wenn es einen Streifzug von Dieben durch die Altenheime gibt, genügt es denn dann nicht zu prüfen, wer von den jetzigen Bewohnern vor zwei Monaten aus einem anderen Heim gekommen ist?“
Laura nickte anerkennend. „Daumen hoch, Antonia. Das dachten wir auch, aber es gibt keinerlei Übereinstimmung.

Das ist schon sehr frustrierend."
„Oder die Namen stimmen nicht", überlegte Luisa. „Denkt mal an den Fall mit den gefälschten Testamenten, den wir im Sommer hatten. Glaubt ihr, dass bei einem Einzug in ein Altenheim der Personalausweis so genau geprüft wird, dass man Fälschungen ausschließen kann?"
„Noch mal Daumen hoch, Luisa. Das ist ein guter Tipp." Laura notierte sich die Anregungen. „Dem kann Sophie nachgehen, während wir zwei armen, alten Tanten morgen ins Heim müssen, wo uns keiner besuchen wird, wir Armen."
Unter Gelächter verabschiedeten sich die Krimifrauen.

Nachdem Laura und Luisa am nächsten Tag von Claire auf *vorgerücktes Alter* gestylt worden waren, hätten sie sich im großen Flurspiegel fast selbst nicht erkannt. „Du siehst mit diesen glatt gegelten Haaren so fremd aus", lachte Luisa, „dass sogar der Spiegel zusammenzuckt."
Laura grinste nur vergnügt. „Super! Das ist eine richtig gute Kriegsbemalung und der graue Pullunder ist noch von meiner Mutter. Der ist so hässlich, dass ich mich nicht getraut habe, ihn zu spenden. Markus sollte mich natürlich so nicht sehen, aber dafür wird der Sieg unser sein, wie Sporty immer sagt."
Laura und Luisa, die Vornamen hatten sie sicherheitshalber beibehalten, fügten sich nahtlos in den Ablauf des Heimes ein und

versuchten in erster Linie, sich bei den Mahlzeiten und den Gemeinschaftsaktivitäten, ein Bild von den anderen Bewohnern zu machen.

„Irgendetwas stört mich an der Kammersängerin Renate Köth", flüsterte Laura, während sie an einem Memory-Spiel teilnahmen. „Schau dir mal die Hände an. Wenn diese Frau 90 ist, dann hat sie entweder eine bombastische Handcreme oder ihre Angaben stimmen nicht."

Luisa zweifelte noch, denn sie kannte die oft vorschnellen Schlussfolgerungen von Laura, seit sie zusammen die Schulbank gedrückt hatten. „Vielleicht musste sie ja nie Gemüse putzen oder Geschirr spülen, wie wir."

Auch sie betrachtete nun die alte Dame prüfend, die sehr extravagant in rosa und karmesinrot gekleidet war und wertvollen Schmuck trug. „Vermutlich hat sie für alles Leute gehabt."

Aber Laura war nicht zu bremsen. „Sie benutzt weder einen Stock noch eine Brille. Natürlich kann sie auch supergesund sein, aber hast du bemerkt, dass sie zwischendurch immer mal verschwindet, wenn alle Heimbewohner hier und beschäftigt sind? Diese Frau ist mehr als verdächtig!"

Zurück im Zimmer rief sie Sophie an. „Du solltest diese Frau überprüfen. Ich wette, die gibt es erst seit kurzem, weil jemand einfach Namen zusammengefügt hat. Es gab eine Opernsängerin Erika Köth und es gibt eine Renate Holm. Wenn es tatsächlich eine

Opernsängerin Renate Köth geben sollte, backe ich euch einen extra großen Kuchen und nehme auch die Zwillinge für ein zusätzliches Wochenende."

Gleich am nächsten Tag bemühte sich Laura auffällig um die ehemalige Sängerin, schwärmte von den Opernvideos, die sie besaß und ließ sich von den Rollen berichten, die die Sängerin übernommen hatte. Die Auskünfte kamen nur spärlich, aber als sie behauptete, die Tosca gesungen zu haben, nutzte Laura die Gelegenheit sofort. „Ach, das war eine so ergreifende Szene", schwärmte sie begeistert mit leicht feuchten Augen. „Als Cavaradossi endlich Tosca heiraten durfte. Das war sooo schön!"

„Ja, das fand ich auch", bestätigte Renate Köth. „Und um die Kuss-Szene haben mich die anderen Damen immer beneidet."

Das genügte Laura, aber es fiel ihr enorm schwer, mit dem Schimpfen zu warten, bis sie mit Luisa im Zimmer war.

„Diese Frau hat keine Ahnung von Opern. Wer weiß was sie irgendwo gesungen hat, vermutlich *Die diebische Elster,* aber nicht die von Rossini."

Luisa sah sie erstaunt an. „Aber du hast doch gerade über Tosca mit ihr geredet."

„Stimmt, nur hat Tosca nie geheiratet, sondern sich, nachdem Cavaradossi hingerichtet wurde, von einem Felsen in den Tod gestürzt. Und unsere angebliche Diva hat davon keine Ahnung."

Luisa war beeindruckt. „Du hast das echt toll gespielt, ich habe dir die Begeisterung wirklich abgenommen. Du hattest sogar Tränen in den Augen.“

„Ja“, grinste Laura, „aber nur, weil ich eine Zwiebelscheibe im Taschentuch habe.“

Luisa lachte, zweifelte aber noch immer, weil die Frau ja auch einfach eine Hochstaplerin sein könnte, fügte sich aber dann doch Lauras Strategie. „Also, wenn sie unsere Verdächtige Nummer 1 ist, sollten wir überlegen, wo sie die Sachen hortet oder wie sie sie hinaus schleust.“

Damit verbrachten sie den Nachmittag, fanden aber weder im Keller noch in den zwei Etagen, in denen sich die Räume der Bewohner befanden, irgendeinen Anhaltspunkt.

Am Abend telefonierte Laura wieder mit Sophie und hörte zu ihrer Freude, dass die Frauen erste Ergebnisse geliefert hatten.

„In jedem Heim gab es eine Diva, die die anderen Bewohner nicht mochten, einmal eine Gräfin und einmal eine Ex-Frau von Curd Jürgens. Das haben Stella und Christiane sehr zuverlässig ermittelt, weil sie Bekannte im Umfeld haben. Interessant ist, dass beide Diven sich nur ein Vierteljahr im Heim aufgehalten haben, bevor die Familie, in diesem Fall ein jüngerer Mann, sie wieder zurück geholt hat.

Das erschien uns doch sehr sonderbar und deshalb haben Feli und ich etwas tiefer gegraben und dabei das wunderbare Erscheinen und Verschwinden der Frau aufgedeckt, die jetzt Renate Köth heißt. Wir haben 5 unterschiedliche Identitäten gefunden und eine Frau, die gerade 65 ist."

„Das wusste ich", jubelte Laura. „Jetzt wird es Zeit, dass du deine alten Tanten besuchst oder noch besser, mit Frau Brüning und Hilda eine Brandschutzkontrolle machst. Du solltest dir die Zimmer in der 2. Etage und vor allem den Dachboden vornehmen. Alles andere haben wir bereits geprüft."

Mit dem guten Gefühl, bald wieder im eigenen Bett schlafen zu können, beschlossen die beiden ihren zweiten Tag im Altenheim.

Am nächsten Vormittag fand die Brandschutz-Kontrolle statt, die auch eine willkommene Abwechslung im Leben der Bewohner darstellte, aber leider nicht zu dem erhofften Ergebnis führte.

Als *Brandschutzinspektorin* Sophie das bewusste Zimmer verließ, schüttelte sie mit Blick zu Laura, die an der Treppe wartete, bedauernd den Kopf.

Der Dachboden, der als Speicherraum genutzt wurde, war jedoch ein anderer Fall. Schon auf der Treppe setzte bei Sophie das bekannte Summen ein und kaum, dass sie den Raum betreten hatte, spürte sie bereits das Versteck neben dem Fenster.

Mit der Nagelfeile, die immer in ihrer Handtasche war, hebelte sie das lose Brett auf und zog einen Stoffbeutel hervor.

Unter den erstaunten Augen von Hilda und Frau Brüning, öffnete

sie ihn und schüttete den Inhalt auf das schmale Fensterbrett. Nachdem sie durchgezählt hatte, stellte sie fest. „Alles da. Die Boucheron-Kette habe ich schon bei einem Hehler gefunden."
„Also das war eine reife Leistung", Hildas Stimme klang erleichtert. „Ich frage gar nicht, wie Sie das gemacht haben, ich bin nur froh, dass alles da ist."
„Aber wer war es? Ich muss das doch wissen." Frau Brüning schien immer noch fassungslos.
Sophie nickte verständnisvoll. „Wir wissen, wer es war, aber es ist wichtig, dass derjenige festgenommen wird und sich nicht rausreden kann. Außerdem kriegen wir so vielleicht auch den Kontaktmann nach außen, der die Verkäufe übernimmt.
Ich schlage also vor, dass wir den Beutel wieder deponieren. Und Sie machen gleich einen Aushang, dass wegen einiger Brandschutzmängel morgen Arbeiten an der Verschalung auf dem Dachboden vorgenommen werden und die Bewohner sich auf Lärmbelästigungen einstellen müssen. Ich montiere gleich noch einige Kameras, die diesem Bereich filmen und informiere das Einbruchsdezernat. Den Rest übernehmen meine Leute."
Wie mit Sophie abgesprochen, brachten Laura und Luisa die Gerüchteküche beim Mittagessen mit Frau Köth so richtig zum Kochen.
„Ich habe gesehen, dass einige Arbeiter schon jetzt Material auf den Dachboden gebracht haben", erzählte Laura ganz begeistert mit

glänzenden Augen. „Meine Schwester und ich wollen uns das nachher ansehen. Vielleicht arbeiten sie sogar mit freiem Oberkörper, da oben ist es ja warm. So junge starke Kerle, da kommt man doch richtig ins Schwärmen. Kommen Sie auch?“

Die schüttelte den Kopf und griff sich theatralisch an die Brust. „Mir ist gar nicht gut. Mein Herz, ich muss mich hinlegen.“

Luisa sprang sofort auf. „Brauchen Sie Hilfe? Soll ich Sie auf dem Weg nach oben stützen?“

Aber Frau Köth wehrte bescheiden ab. „Lassen Sie sich bitte nicht stören. Mein Unwohlsein wird bald vorüber sein.“

„Darauf wette ich“, knurrte Laura, als sich die Dame entfernte. Anschließend sandte sie Sophie eine Nachricht, aber dann hielt es die beiden nicht mehr im Speisesaal.

Vorsichtig schlichen sie nach oben, immer bemüht keinen Lärm zu machen. An der Treppe zum Dachboden hörte Laura schon Sophies Stimme. „Geben Sie auf! Es hat keinen Zweck mehr, die Polizei ist bereits informiert.“

Aber die angebliche Sängerin pfiff auf den Vorschlag, warf sich mit voller Wucht gegen Sophie und versuchte die Treppe zu erreichen, wo sie allerdings über Lauras vorgestrecktes Bein stolperte. Die zog sie dann gemeinsam mit Sophie wieder hoch, bückte sich noch nach dem Schlüsselbund, der Frau Köth aus der Tasche gefallen war und schüttelte gespielt erstaunt den Kopf.

„Aber, aber, Frau Kammersängerin, Sie wollen doch die Bühne

nicht vor dem Finale verlassen! Und der Höhepunkt kommt doch noch."
Genau in dem Moment tauchte Felix mit zwei Kollegen auf, um die diebische Elster festzunehmen. Laura schob ihm schnell noch das Schlüsseletui zu, das aus mehreren Dietrichen bestand. „Damit ist klar, wie sie in jedes Zimmer kommen konnte."

Als sie endlich alleine waren, klatschten sich Laura, Luisa und Sophie gerade freudestrahlend ab, als von außen an das Fenster geklopft wurde. Sophie sah vorsichtig hinaus, konnte aber nur eine Angelrute mit einem Netzbeutel erkennen. Offensichtlich befand sich derjenige, der hier auf die Übergabe wartete, auf dem niedrigeren Dach des Nachbargebäudes.
Kurzentschlossen nahm sie den Schmuckbeutel aus dem Versteck und leerte ihn auf das Fensterbrett. Dann füllte sie ihn mit Legosteinen und Murmeln, die ihr die Zwillinge regelmäßig in die Tasche packten und verstaute das Ganze in dem Netz, während Laura schon Felix informierte.
Als sie schließlich nach unten kamen, war der Mann bereits festgenommen. Felix grinste. „Das ist der Enkel von Frau Köth oder wie sie auch immer heißt. Den nehmen wir gleich mit. War's das jetzt oder kommt noch Nachschub?"
Nachdem sich Laura und Luisa wieder ihre eigenen Kleider angezogen hatten, verabschiedeten sie sich von Hilda und der Leiterin,

Frau Brüning, die beide überglücklich waren.
Sophie hatte ihnen inzwischen die Zusammenhänge erklärt und sie auch darüber informiert, dass die Bewohnerinnen sehr schnell ihre Kostbarkeiten zurück bekommen würden.
Hilda, die von dem Undercover-Einsatz regelrecht begeistert war, strahlte. „Ich weiß gar nicht, wie ich Ihnen danken kann, Sie haben uns und die Ruhe in der Gemeinschaft wirklich gerettet. Gibt es irgendeinen Wunsch, den ich Ihnen erfüllen könnte?“
Laura und Luisa sahen sich fragend an, bis Laura grinste. „Ja, einen Termin beim Frisör. Meiner ist ausgebucht und morgen ist Silvester. Mit diesen Haaren geht das gar nicht.“
Hilda lächelte nur und ging kurz in den Nebenraum. Als sie zurückkam, strahlte sie wieder. „Das war nicht einfach, aber machbar. Hier ist die Adresse meiner Frisörin, die wird ihnen beiden jeden Wunsch erfüllen.“

Am nächsten Tag brachen Sophie und Felix zu ihrem besonderen Wochenende auf und Laura übernahm die Zwillinge, die sich wirklich vorbildlich benahmen, wie sie Markus am Abend berichtete. Genau genommen schliefen sie schon fest, als Markus mit dem vorbereiteten Abendessen und einer Flasche Sekt zum Anstoßen bei Laura auftauchte. Die Ruhe blieb auch noch, solange sie aßen, aber danach war alles anders.
Sobald die ersten Kanonenschläge dröhnten, begann Leon zu

schreien. Laurie schien keine Angst zu haben, sondern schrie aus Begeisterung einfach mit. Kaum hatten sie die beiden beruhigt und wieder schlafen gelegt, knallte es draußen erneut und schon begann das Ganze wieder von vorne.

Als Laura dann ziemlich genervt entschied, die Kinder nicht noch einmal hinzulegen, sondern gleich auf dem Schoß zu behalten, zog eine fast himmlische Ruhe ein, abgesehen von den Böllern.

Laura sah zu Markus, der Laurie zärtlich wiegte.

„Wir geben echt ein tolles Bild ab. Wer hat gesagt: Manchmal ist das Leben schön, obwohl praktisch alles dagegen spricht?"

Markus lächelte sie an. „Auf jeden Fall, eine kluge Frau."

Und Laura lächelte genauso innig zurück. „Stimmt!"

- Ende -

Von der Autorin sind im BoD-Verlag bereits erschienen:

- Sophie und die Krimifrauen vom alten Bahnhof -1-
  *Cosy-Crime-Geschichten*

- Sophie und die Krimifrauen vom alten Bahnhof -2-
  *Cosy-Crime-Geschichten*

- Die Weiberwirtschaft
  *Frauenpower im Mühlengrund*

- Die Silver Girls
  *5 Frauen und ein Programm gegen Jugendschwund*

- Das gibt es doch nicht!
  *Unmögliche und fantastische Geschichten 1*

- Das ist wirklich das Allerletzte!
  *Unmögliche und fantastische Geschichten 2*

- Jetzt ist aber Schluss!
  *Unmögliche und fantastische Geschichten 3*

- Alles auf Anfang!
  *Unmögliche und fantastische Geschichten 4*

- Der Club der kleinen Millionäre -1-
  *Coole Kids und der clevere Umgang mit Geld*

- Der Club der kleinen Millionäre -2-
  *Von Pfunden, Freundschaft und Hunden*

- Der Club der kleinen Millionäre -3-
  *Coole Kids und eine rätselhafte Schatzkarte*

- Immer wieder aufstehen!
  *Kurzgeschichten zum Mut machen*

- Das Monster im Schrank
  *Wenn Kinder Angst haben*